KB094876

탑 레시피가 보여!

탑 레시피가 보여! 7

레오퍼드 장편소설

초판 1쇄 찍은 날 § 2017년 8월 25일
초판 1쇄 펴낸 날 § 2017년 9월 1일

지은이 § 레오퍼드
펴낸이 § 서경석

편집책임 § 신보라
편집 § 이창진

펴낸곳 § 도서출판 청어람
등록번호 § 제387-1999-000006호
등록일자 § 1999. 5. 31
어람번호 § 제1-2757호

주소 § 경기도 부천시 부일로 483번길 40 서경B/D 3F (우) 14640
전화 § 032-656-4452 팩스 § 032-656-4453
http://www.chungeoram.com
Email § chungeorambook@daum.net

ⓒ 레오퍼드, 2017

ISBN 979-11-04-91437-9 04810
ISBN 979-11-04-91243-6 (세트)

탑 레시피가 보여! 7

FUSION FANTASTIC STORY

레오퍼드 장편소설

도서출판 청어람

Contents

1. 네 요리, 내 요리 II

"이 사람이 어디 갔지?"

양혜석도 김민기의 행방을 모르는지 고개를 이리저리 돌리며 그를 찾았다.

"화장실 가셨나? 김민기 셰프님 찾아와!"

김 피디가 한 스태프에게 시켰다. 그런데 그 스태프가 김민기를 찾으러 나가려는 찰나에 김민기가 허겁지겁 녹화장으로 뛰어 들어왔다.

"아, 죄송합니다! 저 왔습니다!"

"오셨군요. 자, 그럼 녹화 다시 들어가겠습니다!"

김민기는 사실 인터넷으로 호검의 거품만두에 대해서 찾아보러 갔었다. 그런데 어디에도 거품만두라는 건 없었다. 호검이 개발한 요리기 때문에 당연히 그랬지만, 김민기는 혹시나 해서 찾아봤던 것이다.

'에이, 요리 개발도 잘하고, 남들 요리도 잘 따라 하고, 쟤 진짜 큰일 날 애네……'

김민기는 살짝 풀이 죽었다. 자신이 돋보여야 하는데 돋보이지 못하는 것도 짜증이 나고, 호검이 자신보다 훨씬 어린데 뭔가 이 요리, 저 요리를 다 잘하니까 자존심도 상했다.

반면 양혜석은 호검을 눈여겨보고 있었다.

'만들라는 대로 그대로 따라 만들어도 같은 맛을 내기 힘든 게 요리인데, 손맛이 있어. 머리도 좋고. 애도 싹싹하니 이쁘고. 오호호.'

배승진은 요리보다도 입담으로 주목을 받고 싶어 했기에 호검을 그다지 라이벌로 생각하지 않았다. 자신의 노선은 개그 쪽이고, 호검은 진지한 쪽이었으니까.

사실 배승진은 요리뿐만 아니라 그냥 일반 예능도 노리고 방송을 하는 것이었다. 그래서 어떻게 하면 임팩트 있는 멘트를 할 수 있을지 고민 중이었다.

호검은 이번 방송으로 양혜석과 김민기의 동태도 살피고, 학수와의 친분도 확실히 보여주고, 또 자신의 요리 능력까지 보여줄 수 있어서 일석삼조였다.

'오늘 컨디션도 좋네! 머리도 잘 돌아가고, 요리도 잘되고. 하핫.'

호검은 이렇게 기분이 좋은 상태라 한층 밝은 목소리로 요리 소개를 시작했다.

"오늘 제가 준비한 요리는 바로 거품만두입니다."

"여러분, 오래 기다리셨죠? 가장 궁금했던 바로 그 요리! 거품만두! 드디어 만나보실 수 있습니다. 강 셰프님, 어떻게 만드는 건가요?"

"자, 일단 먼저 만두소가 될 재료를 만들도록 하겠습니다. 생표고버섯은 기둥을 뺀 갓 부분은 얇게 저며주시고, 기둥은 다져주세요. 전복, 새우도 다져주시고요. 그리고 두부는 으깬 다음에 베보자기에 싸서 물기를 쪽 빼주세요……. 요 다진 버섯기둥과 전복, 새우, 으깬 두부는 함께 볶을 겁니다."

"여기까지는 다른 만두와 별로 다를 게 없네요. 그죠?"

정민이 다른 셰프들과 방청객들을 둘러보며 말했다. 그러자, 김민기가 기다렸다는 듯이 아는 척을 하며 물었다.

"그러게요. 근데 보통 만두피는 먼저 반죽을 해서 숙성을 시켜야 하는 것 아닌가요? 그래야 피가 더 쫄깃하잖아요."

"아, 제가 만드는 만두피는 숙성이 필요 없습니다. 일단 소부터 다 만들고 나서 보여 드릴게요. 조금만 기다려 주세요."

호검의 대답에 방청객들은 기대가 된다는 듯 눈을 초롱초롱 뜨고 호검을 쳐다보았다.

'무슨 특이한 피를 만들려고 저런대? 쳇.'

김민기는 못마땅해하며 일단 호검이 하는 대로 재료들을 다졌다.

호검은 재료를 다 다지고 나자, 표고버섯 갓 부분을 뺀 나머지 재료와 으깬 두부를 함께 기름에 볶기 시작했다.

"자, 이렇게 센 불에 재료를 볶다가 굴소스와 두반장을 조금 넣어주세요."

"아, 강 셰프님! 이게 웍은 아니고 궁중팬이지만 이렇게 팬 돌리면서 재료 막 섞는 거 좀 보여주세요."

"아하하, 그럴까요?"

호검은 오른손과 왼손을 바꿔가며 궁중팬을 돌리는 걸 보여주었고, 방청객들은 환호하며 박수를 쳤다.

"역시 중국 요리는 요런 맛이 있어요. 구경하는 맛. 그렇죠, 여러분?"

"네에!"

호검은 활짝 웃으며 만두소 볶기를 순식간에 마무리하고 그릇에 소를 담아두었다.

"자, 이제 드디어 거품만두의 포인트인 만두피를 만들 차례입니다!"

"거품만두의 포인트가 만두피였군요! 도대체 어떤 피기에……?"

"만두피의 재료는 바로 이겁니다!"

호검은 뒤편 냉장고에서 무언가를 꺼내 조리대로 가져왔다.

"엇! 계란? 계란으로 피를 만드신다고요?"

"네! 계란 중에서도 계란 흰자로 피를 만들 겁니다."

"지단을 만들어서 요렇게 주머니처럼 싸려고 하는 건가요?"

배승진이 손으로 제스처를 해 보이며 물었다.

"아뇨, 머랭을 만들 겁니다."

"머랭이요? 머랭이라면… 흰자를 거품 나게 치는, 보통 과자에 많이 사용되는 그 머랭 말씀이신가요?"

배승진이 놀라며 물었다. 머랭은 거품일 뿐이라서 피로 사용하는 것은 불가능해 보였기 때문이다.

"맞습니다. 바로 그 머랭입니다."

"아하! 그래서 이름이 거품만두인 건가요? 그런데 머랭으로 만두피를? 그게 가능한 건가요?"

정민뿐만 아니라 다른 셰프들도 믿지 못하겠다는 듯 호검에게 의심의 눈초리를 보냈다.

"머랭에 밀가루를 섞어서 만드는 거겠죠."

김민기가 별것 아닌데 괜히 잘난 척을 한다는 듯 퉁명스럽게 말했다. 방청객들과 다른 셰프들도 그의 말에 동의하는지 고개를 끄덕였다.

"아, 그렇겠군요. 맞죠? 여기에 밀가루를 넣으실 거죠?"

정민이 호검에게 확인차 물었다. 그러자 호검은 고개를 저으며 대답했다.

"아닙니다. 밀가루는 섞지 않아요. 머랭 자체가 바로 피입니다. 백문이 불여일견이니, 직접 보여 드릴게요! 거품만두는 아주 많이 만들 건 아니니까, 저랑 배승진 셰프님이 대표로 머랭을 만들까요?"

호검은 이렇게 말하면서 배승진을 쳐다보았다.

"괜찮으시죠, 배 셰프님? 배 셰프님이 머랭 좀 쳐보셨을 것 같아서요. 양식에서도 꽤 쓰이니까……."

"네, 그럼요!"

배승진은 팔을 걷어붙이며 흔쾌히 대답했다.

김 피디는 카메라에 투샷으로 잡히게 배승진과 호검을 나란히 세우고 머랭을 치도록 했다.

"머랭은 흰자를 거품기로 한 방향으로 열심히 치면 되는데요, 가장 중요한 건 흰자와 노른자를 완벽히 분리해서 노른자가 조금도 들어가면 안 된다는 겁니다."

호검은 설명을 하며 계란을 분리해서 흰자만 볼(Bowl)에 따로 담았다. 배승진도 머랭은 좀 만들어본 터라 능숙하게 계란을 분리했고, 둘은 열심히 머랭을 치기 시작했다.

탁탁탁탁.

배승진은 머랭을 치는 소리를 음악의 비트로 생각하는지 몸을 실룩실룩 움직이며 신나게 머랭을 쳤다.

호검도 그에게 맞춰주며 슬쩍슬쩍 고개를 까딱거렸다.

"두 분 머랭 치는 모습이 무슨 춤을 추는 것 같은데요?"

정민이 한마디 하자, 배승진은 일부러 어깨를 더 들썩거렸고, 방청객들은 그 모습이 재미있는지 막 웃어댔다.

머랭은 어깨를 덜 들썩거려서인지 간발의 차이로 호검이 먼저 완성했다.

"자, 이렇게 볼을 뒤집어도 이 머랭이 안 떨어질 정도로 단단한 거품이 되어야 해요. 집에서 직접 하시려면 팔 아프시니까 핸드믹서를 사용하셔도 돼요."

"그렇죠. 저희는 힘 자랑 하려고 팔로 무식하게 친 거고요. 아하하."

배승진이 팔에 힘을 주어 자신의 알통을 보여주며 웃자, 방청객들도 그를 따라 웃었다.

'오늘 이 정도면 꽤 임팩트 있었을 거야. 하핫.'

배승진은 자신의 분량을 제대로 뽑은 것 같아 흡족했다.

"오호호. 젊어서 힘들이 좋아."

양혜석도 호검과 승진을 보며 한마디 거들었는데, 김민기만 씁쓸한 미소를 짓고 있을 뿐 아무런 말이 없었다.

그사이 호겸과 승진은 자신들이 친 머랭을 혜석과 민기에게 나눠 주었고, 정민은 얼른 방청객들을 주목시키는 멘트를 했다.

"자, 이제 제일 궁금한 과정입니다! 여러분, 이 거품이 어떻게 만두피가 될까요?"

정민이 호겸을 쳐다보자, 호겸이 씨익 웃으며 말했다.

"일단 만두를 튀길 기름을 끓여주세요. 만두는 바로 만들자마자 기름에 넣을 거니까요. 온도는 좀 낮게 맞춰주세요."

호겸은 기름 온도가 맞춰지자, 머랭을 손으로 퍼서 그 위에 얇게 저며놓은 표고버섯을 놓고, 표고버섯 위에는 볶아두었던 만두소를 한 술 떠서 올렸다. 그리고 마지막에 다시 머랭을 덮어서 만두소가 보이지 않도록 싼 뒤 곧바로 기름에 넣었다. 머랭은 거품으로 만든 것이라 기름에 넣자, 기름 위에 동동 떠 있었다.

방청객들을 포함해 녹화장의 모든 사람들이 이 모습을 보고 눈이 휘둥그레졌다.

"아니, 이게 돼요?"

정민이 신기하기도 하고 의아하기도 해서 목소리가 커졌다.

"거품 다 꺼질 것 같은데? 기름 위에 둥둥 떠서 튀겨지긴 하나요?"

정민이 쉴 새 없이 질문을 했다.

"됩니다, 돼요. 하하하. 이 위에 이렇게 국자로 기름을 떠서 부으면서 익혀주시면 돼요."

호검은 거품만두를 몇 개 더 만들어서 기름에 띄우더니 그 위에 국자로 기름을 부어주며 만두를 익혀 나갔다.

벌써 사람들은 호검의 신기한 만두에 빠져들어 그에게서 눈을 떼지 못하고 있었다.

"와, 이거 완성된 모양은 어떨지, 맛은 어떨지 정말 궁금해집니다! 제가 태어나서 본 요리 중에 가장 궁금증을 자극하는 요리네요. 으하하하."

정민은 호들갑을 떨며 계속 호검이 거품만두를 익히는 걸 뚫어져라 쳐다보았다. 호검은 자신의 거품만두를 익히면서도 다른 셰프들이 잘 따라 하는지 매의 눈으로 살폈다.

"기름 온도가 높으면 금방 타버리니까, 약하게 해주세요. 김 셰프님, 불 세기 좀 줄이시는 게 좋을 것 같아요."

김민기는 못들은 척하며 심드렁한 표정을 지었지만, 곧 은근슬쩍 불 세기를 줄였다.

"배 셰프님은 만두소가 보이지 않게 머랭을 꼼꼼히 입혀주시는 게……."

"이거요? 오케이!"

배승진은 자신의 기름에 동동 떠 있는 만두들을 살펴보았다. 그리고 내용물이 보이려고 하는 걸 하나 발견하고 얼른 머

랭을 덧입혔다. 양혜석은 명장답게 손으로 조심조심 머랭을
입혀 거품만두를 잘 만들고 있었다.

'이거 진짜 맛이 너무 궁금하네……. 볼수록 대단한 애야.'

혜석은 호검의 아이디어에 감탄하지 않을 수 없었다.

그리고 여기 또 한 사람 감탄해 마지않는 사람이 있었다.

그는 바로 김 피디.

김 피디는 카메라 맨에게 호검의 거품만두를 클로즈업하라
고 한 뒤 모니터를 뚫고 들어갈 기세로 그 모습을 지켜보고
있었다.

"허, 참! 와아, 참!"

그도 거품만두가 엄청 신기해 보였던지 감탄을 하며 보고
있었던 것이다.

'이걸로 모자이크해서 예고 내보내면 시청률 대박 나겠는
데? 우리가 봐도 너무 신기하잖아! 으아, 역시 강 셰프 섭외하
길 잘했어!'

김 피디는 강 셰프를 섭외한 자신의 안목에 뿌듯해했다.

"겉이 이렇게 노르스름한 빛을 내면 다 익은 거예요. 그럼
이걸 건져두고요, 육수를 준비하겠습니다."

호검은 한쪽에 준비되어 있던 맑은 육수를 궁중팬에 부었
다.

"이 육수는 어떤 육수인가요?"

"이건 닭발을 볶은 다음 푹 고아서 만든 닭발육수예요. 닭뼈보다 닭발로 육수를 만들면 더 구수하거든요. 잡내를 제거하기 위해 대파, 마늘, 통후추, 청주를 같이 넣었고요."

"오, 정말 냄새부터 일반 닭뼈를 고아 만든 육수보다 더 진한 고소함이 올라오네요. 근데 이렇게 육수도 만들어야 하면 우리 같은 사람들은 좀 귀찮은데… 다른 더 간단한 육수는 없을까요?"

정민은 이걸 꼭 집에서 해 먹어보고 싶은지, 적극적으로 대안을 물었다.

"아, 그럼……. 시중에 치킨 스톡이라고 간편하게 고형으로 된 거 파는 것들이 있어요. 바쁘시면 그런 거 사서 국물 만드셔도 되고요, 아니면 조개를 넣고 삶은 조개 육수를 사용하셔도 됩니다. 육수에 따라서 맛이 조금씩 다르겠지만, 다 맛있을 거예요. 이 거품만두는 모든 육수에 잘 어울리거든요."

"아하! 팁 감사합니다!"

육수가 끓자, 호검은 여기에 튀긴 거품만두를 넣었다.

"엇! 그걸 넣어도 돼요? 안 풀어지나요?"

정민은 또 눈을 크게 뜨고 호검에게 물었다.

"겉면이 튀겨져서 쫄깃한 막을 형성했기 때문에 괜찮습니다. 요 머랭 겉면이 유부 같은 느낌이라고 생각하시면 될 거예요. 하하하."

호검은 거품만두를 육수에 넣고 휘휘 돌려가며 육수가 스며들도록 졸여주고, 마지막에 녹말물을 넣어 걸쭉하게 만들었다. 그리고 작은 그릇에 주먹만 한 거품만두를 한 개씩 담았다.

"자, 완성됐습니다! 이게 바로 거품만두입니다."

방청객들은 환호했고, 이 요리를 따라 만든 셰프들도 얼른 맛을 보고 싶어 안달이 나 있었다.

"맛보죠, 맛봐요! 얼른!"

정민은 다급하게 외쳤고, 다들 얼른 숟가락을 들었다.

그런데 그때, 김 피디가 갑자기 '컷'을 외쳤다.

셰프들과 정민은 입에 거품만두를 넣으려다 말고 고개를 들어 모두 김 피디를 쳐다보았다.

*　　　*　　　*

"왜, 왜요?"

정민이 눈을 동그랗게 뜨고 김 피디를 쳐다보는데, 김 피디가 얼른 세트로 올라오더니 재빨리 호검이 만든 거품만두 하나가 담긴 그릇을 낚아챘다.

"나도 좀 먹어볼게요. 궁금해서 못 참겠어. 자, 다시 녹화 이어갈게요!"

"아, 김 피디님. 큭."

정민은 어이가 없어서 웃음을 터뜨렸고, 호검도 피식 웃었다.

호검이 만든 거품만두는 총 5개였는데, 세 명의 셰프와 정민, 그리고 김 피디가 가져가는 바람에 호검의 앞에는 거품만두가 하나도 남아 있지 않았다.

김 피디는 싱글벙글 웃으며 거품만두와 숟가락을 가지고 세트에서 내려왔다. 그리고 카메라는 다시 돌아가기 시작했다.

다른 셰프들과 정민은 먼저 시식을 했고, 호검은 그들을 지켜보고 있었다.

"으음!"

"와, 대박! 여러분, 이 맛은 정말 대박입니다!"

정민이 기가 막히다는 듯 탄성을 내지르며 소리쳤다.

옆에서 배승진도 고개를 연신 끄덕이며 정민의 말에 동의했다.

정민은 이어 맛을 표현해 주려고 입을 열었다.

"어떠냐면요…… 스르르 녹아 없어지는 머랭 피 안에서 향긋한 표고 향이 터져 나오면서, 쫄깃한 전복, 탱글한 새우가 씹혀요! 그리고 이 담백한 국물 맛! 기똥찹니다!"

김민기는 아무 말도 하지 않았지만, 맛있는지 순식간에 호검의 거품만두 하나를 해치웠다.

"김 피디님! 맛이 어떠세요? 사실 방금 우리 방송 피디님이 이 거품만두가 너무 드시고 싶다고 하나 가져가셨거든요. 하하."

정민은 장난스럽게 김 피디에게 맛을 물었고, 카메라는 김 피디를 비추었다. 김 피디는 당황했지만, 얼른 양손 엄지를 치켜들며 외쳤다.

"진짜 맛있습니다!"

김 피디는 다 먹고 빈 그릇을 머리 위에 털어 보였고, 정민은 이어 각 셰프들에게 맛이 어떤지 차례로 물었다.

"배승진 셰프님, 처음 맛보는 거품만두 맛이 어떠셨나요?"

"이렇게, 너무 맛있어서 춤이 절로 춰지는 그런 맛입니다!"

배승진은 양팔을 흔들며 춤을 춰댔다.

"아하하하. 알겠습니다! 그럼 김민기 셰프님은요?"

"음, 부, 부드럽고 새로운 맛이네요."

김민기는 속으로는 굉장히 맛있었지만, 호들갑스럽지 않게 최대한 자제해서 칭찬을 했다.

마지막으로 양혜석은 행복한 웃음을 지으며 평을 했다.

"나이 든 사람이 먹어도 부드럽게 잘 먹을 수 있을 것 같아요. 국물도 구수하고, 튀긴 만두인데도 전혀 안 느끼하고 담백하니 맛있네요. 강 셰프, 잘 먹었어요! 오호호호."

정민은 셰프들의 평을 들은 후 다른 셰프들이 만든 거품만두를 맛보러 다녔다.

"아, 전 이거 졸이다가 몇 개 터뜨려 버렸어요. 살살 해야 하는데. 하하."

배승진은 멋쩍게 말했다.

"으음. 그래도 맛있어요!"

김민기는 호검의 거품만두를 먹은 다음 자신의 거품만두도 스스로 맛을 보고 있었다.

'불이 세서 그런가 겉이 좀 질겨졌네. 중국 요리는 뭐가 이리 복잡한지. 쳇.'

정민은 마지막으로 양혜석이 만든 거품만두를 시식하고는 고개를 끄덕였다.

"명장님 거품만두도 참 맛있네요. 아하하."

사실 호검의 거품만두는 워낙 메뉴가 특별해서 다른 사람들이 따라서 잘 만들었는지, 못 만들었는지는 별로 관심이 가지 않았다. 방청객들도 스태프들도 도대체 저 거품만두는 무슨 맛일까 그게 궁금했기 때문이다.

녹화가 끝나자, 스태프들은 세트로 몰려나와 호검이 아닌 다른 셰프들이 만든 거품만두라도 맛을 보려고 했다. 그리고 조금씩 맛을 본 스태프들은 맛있고 신기하다면서 호검을 칭찬했다.

"강 셰프님, 이거 〈아린〉에서 안 팔아요?"

한 여성 스태프가 호검에게 물었다.

"아하하하. 네. 〈아린〉에 다른 맛있는 메뉴도 많아요."

호검은 웃으며 말했고, 그 스태프는 아쉬워했다.

호검이 스태프들과 김 피디에게 수고하셨다고 인사를 하고 있는데, 양혜석이 호검에게 다가왔다. 마침 학수는 잠시 자리를 비운 터였다.

"이름이 강호검이라고 했지?"

"네, 명장님."

"근데 왜 중국 요리를 했어?"

양혜석이 대뜸 물었다.

"아, 전 중국 요리만 하려고 중국 요리를 배운 게 아니에요. 아까 녹화에서도 말씀드렸었지만, 모든 요리에 관심이 많거든요. 그러니까, 요리 중에 중국 요리를 먼저 배우게 된 거예요."

"오호호. 그래? 그럼 궁중요리에도 관심 있니?"

"그럼요! 오늘 명장님 솜씨 보니까 궁중요리도 배우고 싶더라고요."

호검은 진심으로 궁중요리도 배우고 싶었기에 솔직히 말했다.

"그래? 음, 그럼, 나중에 나한테 오면 내가 궁중요리 가르쳐 줄게. 언제든 찾아와. 오호호."

"정말요? 감사합니다!"

양혜석은 특유의 웃음소리를 내며 녹화장을 떠났고, 학수가 돌아왔다.

"어떻게 그런 생각을 했니? 아주 기가 막혔어. 나도 맛이 궁금해서 〈아린〉에 돌아가면 당장 해 먹어볼 거야."

"하하. 카스테라 형식 교쿠를 만들어보다가 문득 생각이 났어요. 거기 머랭이 들어가거든요."

"오, 일식을 배워서 중식에 결합시킨 거구나? 나중에 퓨전 요리 정말 잘하겠는데? 하하하."

"세계 대회 나가려면 열심히 해야죠. 하핫."

"세계 대회? 강 셰프 세계 대회 나갈 거예요? 언제?"

김 피디가 호검에게 인사를 하러 왔다가 호검의 말을 듣고는 대뜸 끼어들어 물었다.

"아, 아니에요. 몇 년 후에 나갈 계획이에요."

"뭐 나갈 건데요? 혹시 세계요리월드컵? 그게 제일 유명한 거잖아요. 맞죠? 이선우 셰프가 나가서 4위가 했다던……."

"거기 나갈 실력이 되면 좋죠. 하하."

"에이, 벌써 실력이 대단한데. 그거 4년마다 하는 거니까… 작년에 했고, 그럼 2010년에 하잖아요. 아직 많이 남았네. 그동안 갈고닦으면 충분히 가능할 거예요."

"감사합니다."

"근데 그래도 너무 요리만 하고 있으면 안 되고, 방송도 좀 나오고 그러면서 얼굴도 알리고……. 그래야 좋은 거 알죠?"

김 피디는 슬쩍 방송은 계속하라고 언질을 주었다.

호겸은 김 피디의 눈치로 나중에 또 자신을 섭외하려 한다는 걸 알아챘다.

"아하하. 불러주시면 아주 바쁘지 않으면 나올게요."

"좋았어! 강 셰프는 시원시원해서 좋다니까. 참, 천 셰프님?"

김 피디가 갑자기 천학수를 다정하게 불렀다.

"네?"

학수가 깜짝 놀라 반사적으로 되묻자, 김 피디가 웃으며 말했다.

"조만간 천 셰프님도 방송 출연 한번 하시는 게 어떠세요? 〈대결! 요리천하〉 끝나고 방송 안 하셨잖아요."

"아, 제가 요즘은 좀 바빠서 그렇습니다."

"그럼 좀 여유가 생기시면 그땐……."

"아, 알겠습니다. 하하하."

김 피디는 학수까지 섭외 대기를 해놓고 사라졌다.

학수와 호겸은 녹화를 마치고 헤어졌고, 호겸은 오랜만에 시간이 난 김에 수정을 찾아갔다.

"수정아!"

호겸은 파스타 실습실로 들어서며 수정의 이름을 불렀다.

"어? 웬일이야, 연락도 없이?"

수정은 갑작스러운 호검의 방문에 놀라는 듯했지만 입가에는 미소가 번졌다.

"짠!"

호검은 수정에게 장미꽃 한 송이를 내밀었다.

"호호호. 이건 또 웬 꽃이야?"

"그냥 오다 주웠어. 하하하."

"농담은. 이런 꽃을 누가 버려? 호호호."

"우리 거의 한 달 만에 얼굴 보는 거잖아. 그래서 준비했지."

"고마워."

수정은 장미꽃을 코에 대고 향기를 맡았다.

"향기도 좋고, 예쁘다. 오늘 방송 녹화 있다고 하지 않았어? 끝나고 오는 거야?"

"응. 후딱 끝내고 왔지."

"잘했어?"

"그럼!"

호검은 방금 하고 온 녹화에 대해 이야기해 주었다.

"아, 일본 요리는 어때? 배우기 어렵지 않아?"

"괜찮아. 사장님이나 사모님이나 잘 가르쳐 주시거든."

"나 가츠동 먹고 싶은데……."

"그래? 언제 내가 한번 우리 집에서 만들어줄게. 그리고 보니 내가 직접 너한테 요리해 준 적이 거의 없는 것 같네? 남들한테는 맨날 해주는데……."

호검이 미안해하며 말하자, 수정은 밝게 웃으며 답했다.

"너 바쁘잖아. 그리고 넌 실력이 계속 늘고 있으니까 나중에 얻어먹을수록 더 맛있게 만들어줄 거 아냐? 호호호."

호검은 자신을 이해해 주는 그녀가 고마웠다.

"아, 오늘 당장 가츠동 해줄게. 일 끝나고 우리 집에 가자. 너 일 끝날 때까지 기다리고 있을게. 어때?"

"정국이는?"

"오늘 늦게 온댔어."

"그래, 좋아. 호호호."

"참, 나 원장님께 드릴 말씀이 있어서 잠깐 올라갔다 올게."

수정은 고개를 끄덕였고, 호검은 민석에게 가서 양혜석, 김민기와 오늘 함께 방송을 했다는 얘길 전했다.

"그래서 말인데요, 혹시나 양혜석 명장님이나 김민기 셰프님이 제 얘기 하더라도 원장님은 모르는 척해 주세요."

"음, 알았어. 근데 그 얘기하러 여기까지 온 거야? 전화하면 되는데."

"뭐, 오랜만에 원장님도 뵙고, 수정이 얼굴도 볼 겸 해서……."

"수정이 보러 왔구나? 흐흐. 그래, 잘해봐. 수정이 정도면 아주 참하고 예쁘지. 내가 네 아버지 절친으로서 허락하마.
하하."

호검은 민석의 말에 함박웃음으로 답했다.

수정이 일을 모두 마치고, 둘은 호검의 집으로 향했다. 집
으로 가는 길에 호검은 수정과 마트에 들러 가츠동 재료를 사
고, 거품만두 재료도 샀다. 호검은 이왕 저녁을 해주는 김에
오늘 반응이 좋았던 거품만두도 맛보여 주고 싶었던 것이다.

호검이 양손에 장 본 재료들을 들고 수정과 함께 걸어가고
있었는데, 수정이 호검에게 말했다.

"왼쪽 손에 든 거 나 줘. 내가 들게."

"아냐, 하나도 안 무거워."

"그래도 하나 줘. 나도 들 거야."

"괜찮다니까……."

호검이 괜찮다는데도 수정은 호검의 왼손에 들려 있던 봉
지를 굳이 뺏어 들고는 새침한 표정으로 말했다.

"왼손이 허전하면 내 손이라도 잡든지."

호검은 그제야 수정의 의도를 알아채고 수정의 오른손을
덥석 잡았다.

호검은 신나게 수정의 손을 잡고 흔들며 걸었고, 수정은 슬
며시 미소를 지었다.

그날 저녁, 호검은 수정만을 위한 두 가지 요리를 해주었고,

둘만의 행복한 저녁 식사를 했다.

호검은 수정과 저녁 식사를 하면서 또 한 번 다짐했다. 사랑스러운 그녀를 놓치지 않기 위해 얼른 세계 최고의 요리사가 되어야겠다고.

*　　　*　　　*

며칠 뒤, 호검은 여느 때처럼 〈복스시〉로 출근을 했다.

"안녕하세요!"

"어, 그래. 왔어?"

"안녕!"

호검이 주방으로 들어가 보니 기복과 종배만 있고, 현영이 없었다.

"사모님 주무세요?"

현영이 방에서 나오지 않았나 싶어 호검이 조용히 기복에게 물었다.

"아니, 친정 갔어. 우리 장인어른이 좀 편찮으셔서 말이야."

"아······."

호검은 더 묻는 것은 실례 같아서 그만 묻고 재료 준비를 시작했다.

오전 11시쯤, 재료 준비는 거의 끝내고 점심 손님이 오기를 기다리며 호검은 종배와 이런저런 얘기를 나누고 있었다.

"우리 외할아버지는 엄마가 맨날 같이 살자고 하는데도 굳이 그 시골에서 혼자 사신다고 고집을 부리셔. 같이 살면 우리 불편하다고 말이야. 하긴, 외할아버지도 사시던 데에 정들어서 그러시는 거겠지만."

"아… 그럼 외할머니는 안 계셔?"

"응, 한 3년 전에 돌아가셨어. 외할머니 돌아가신 이후로 우리 엄마가 요 근처 노인정에 봉사 활동을 다니셔. 할머니들 보면 꼭 외할머니 보는 것 같다고 말이야."

"아, 그렇구나. 그럼 어떤 봉사 하시는 거야?"

"당연히 요리 봉사지. 식사 대접하는 봉사 단체에 가입해서 같이 다니시는데, 우리 엄마 솜씨가 좋아서, 할머니들이 엄청 잘 드신대."

"그럼 주로 무슨 요리 해드리는데?"

"아무래도 어르신들이라서 국물 있는 거 좋아하시나 봐. 라멘이나 우동, 아, 복지리도 해드린 적 있다!"

"복어? 복어는 독 있어서 손질 잘해야 하잖아?"

"당근이지! 잘못하면 큰일 나지. 근데 우리 엄마 복어 전문이야. 우리 엄마 자라탕도 할 줄 알아. 하하하."

종배가 어깨를 으쓱하며 자랑스럽게 말했다.

"와, 대단하시구나!"

호검은 나중에 복어 요리와 자라탕도 가르쳐 달라고 해야겠다고 생각했다.

그런데 그때, 홀에서 허스키한 할아버지의 목소리가 들려왔다.

"현영아! 현영아!"

"어?"

종배는 누군가 자신의 엄마 이름을 부르자 자리에서 벌떡 일어났다.

2. 손맛

종배가 홀로 나가보니 기복이 눈을 동그랗게 뜨고 의아한 듯 그 할아버지를 쳐다보고 있었다. 부스스한 은발의 할아버지는 한 손에는 지팡이를 들고, 거친 숨을 몰아쉬고 있었다.

"헉헉……."

그는 헐레벌떡 이곳으로 달려온 듯 붉게 상기된 얼굴에는 땀이 송골송골 맺혀 있었고, 힘이 부치는지 현영의 이름만 두 번 부르고는 다음 말을 잇지 못했다.

"아버지, 누구세요?"

종배는 그 할아버지를 한번 쳐다보고는 아버지에게 다가가 낮은 목소리로 물었다.

그러자 기복은 어깨를 들어 올리며 고개를 가로저었다. 그러고는 스시 카운터 바깥으로 나가 할아버지에게 얼른 물 한 잔을 내밀었다.

"어르신, 일단 물 좀 드세요."

얼떨결에 종배를 따라 홀로 나왔다가 이 광경을 목격한 호검은 반사적으로 할아버지에게 재빨리 다가가 그를 부축해 의자에 앉으시라고 권했다.

하지만 할아버지는 기복과 호검의 권유를 거부하고 둘의 팔을 덥석 붙잡았다.

"헉헉. 현, 현영이, 현영이 좀 불러줘……."

"네? 현영이면 제 아내인데……. 지금 아내는 잠깐 어디 가서 여기 없어요."

"어디 갔는데? 언제 온대?"

할아버지는 당황한 눈빛으로 기복에게 물었다.

"친정에 가서 며칠 있다가 올 거예요."

"뭐? 그럼 안 돼……."

할아버지는 호검과 기복을 붙들고 있던 손을 힘없이 놓으며 의자에 털썩 주저앉았다. 망연자실한 표정의 할아버지에게 기복이 물었다.

"무슨 일로 그러세요?"

"후우……. 그걸 먹여야 하는데……. 어쩌지, 이제……."

"어르신, 뭐가 드시고 싶으신데요?"

"아! 자네도 요리사니까……! 아니야, 현영이 손맛이어야 해……."

할아버지는 잠시 밝은 표정을 지었다가 금방 다시 고개를 저었다. 할아버지는 울상이 되어 이야기를 하기 시작했다.

"우리 할망구가 아파. 몸살인지, 엄청 열이 나고, 입이 까끌해서 아무것도 못 먹어. 안 그래도 기력이 없는데 이러다 우리 할망구가 죽기라도 하면……. 그럼 나는……."

할아버지는 아픈 할머니 생각에 금세 눈시울이 붉어졌다.

"그럼 다른 건 못 드시고, 우리 아내가 만든 건 드실 수 있겠다고 하신 거예요?"

"응."

할아버지가 고개를 끄덕였다.

호검은 나이가 많이 드신 노인들은 감기만으로도 돌아가실 수 있다는 것을 들어 알고 있었다.

'기력을 회복하시려면 뭐라도 드셔야 할 텐데…….'

호검은 안쓰러운 표정으로 할아버지의 이야기를 듣다가 기복을 쳐다보았다. 기복 또한 할아버지가 안쓰러워 도움이 되고 싶었다.

"일단 무슨 요리인지 말씀해 보세요. 할 수 있는 거면 해드릴게요."

"우리 할망구가 현영이가 만든 라면이 먹고 싶대. 우리 노인정에 와서 현영이가 라면을 몇 번 해줬었는데, 그게 봉지 라면이 아니고 안 맵고 뽀얀 고깃국물에다가……."

할아버지는 현영이 봉사를 하러 다녔던 노인정에서 라멘을 맛보신 듯했다.

"아, 돈코츠라멘이요?"

스시 카운터에서 할아버지의 이야기를 듣고 있던 종배가 알은척을 했다.

"라멘? 라면이라니까! 삼겹살 같은 돼지고기가 얹어져 있고, 국물은 뽀얬어."

"그게 바로 돈코츠라멘이에요, 할아버지. 엄마가 노인정에서 몇 번 해드렸다고 말씀하신 적 있었어요."

"그럼 그거 맞는가? 근데, 그거 만들 줄 알아? 현영이가 만든 거로 꼭 먹고 싶다는데, 현영이가 없으니……."

할아버지는 간절한 눈빛으로 기복과 호검, 종배를 둘러보며 누군가 그 라면을 만들 줄 안다고 말하길 기다리고 있었다.

"아… 그 라멘은 우리 아내만 제대로 만들 수 있는데……."

기복은 난감한 표정을 지으며 종배를 쳐다보았다. 너는 할 수 있냐는 물음이 섞인 눈빛이었다. 종배는 그 눈빛을 읽었는지 얼른 고개를 세차게 저으며 대답했다.

"아, 아버지. 저도 못 해요. 제가 그걸 할 줄 알았으면……."

"하긴……."

이제 기복과 종배의 시선은 동시에 호검에게 향했다. 호검이 우물쭈물하는 찰나, 종배가 갑자기 호검에게 말했다.

"야, 호검아, 넌 우리 엄마한테 라멘 만드는 법 제대로 배웠잖아. 할 수 있지 않아?"

종배의 말에 할아버지는 금방 얼굴에 화색이 돌았다.

"오! 청년이 만들 수 있어, 그 라면? 제발 그렇다고 해줘."

"아… 그게……."

돈코츠라멘이라면 호검은 집에서 딱 한 번 만들어보았다. 정국도 맛있다고 했었지만, 현영과 같은 그 맛이 나는지 확신할 수는 없었다. 하지만 이렇게 할아버지가 간곡하게 말하니 못 한다고 하기도 뭣하고 당황스러웠다.

"제발, 우리 할망구 좀 살려줘. 응?"

할아버지는 간절히 부탁했다.

호검은 잠시 고민하다가 곧 결심을 한 듯 할아버지의 손을 꼭 잡고 입을 열었다.

"네, 할아버지. 제가 어떻게든 만들어볼게요."

호검의 말에 할아버지도, 기복도, 종배도 활짝 웃었다.

"정말? 아휴, 고마워. 정말 정말 고마워! 이 은혜는 잊지 않을게. 난 여기서 기다릴 테니 어여 만들어 줘."

"아, 할아버지, 그건 만드는 데 오래 걸려요."

종배가 끼어들어 말했다.

"괜찮아. 몇 분이든 기다릴 수 있어."

"몇 분이 아니라, 몇 시간 걸려요."

"아니, 라면 하나 끓이는 데 뭐가 그리 오래 걸린댜?"

할아버지가 이해가 안 간다는 듯 고개를 갸웃거리자, 기복이 친절하게 설명을 했다.

"그게 시골 국물처럼 뼈를 우려서 국물을 만들어야 하거든요."

"음…… 그럼 어쩐댜……?"

"일단 집에 가 계세요. 집이 어딘지 알려주시면 제가 만들어서 댁으로 가져갈게요."

호검이 미소를 지으며 다정하게 말했다. 할아버지는 알겠다며 집 위치를 알려주고 가게를 나섰다.

"그럼 언제쯤 만들어 올 수 있어?"

"오후 서너 시쯤이요."

"그랴, 그럼. 알았어. 기다리고 있을게."

할아버지가 나가자마자, 종배가 호검에게 물었다.

"진짜 만들 수 있겠어?"

"뭐야, 너. 네가 나보고 만들 수 있지 않냐고 그래서 해보겠다고 한 건데……."

"아니, 그니까, 네가 워낙 뭐든 금방 배우니까, 50프로 확률로 할 수 있지 않을까 하고 던져본 거지. 할아버지가 너무 할머니를 걱정하셔서 안타깝기도 하고……. 근데 딱 한 번 보지 않았어? 울 엄마가 돈코츠라멘 만드는 거?"

"응. 맞아. 근데 노인분들은 감기에도 잘못하면 돌아가실 수 있어. 기력 회복이 안 되면 더더욱 그렇고. 내가 어떻게든 만들어봐야지."

호검이 의지를 불태우며 말하자, 기복이 그의 어깨를 토닥이며 힘을 북돋아주었다.

"그래, 할머니 한 분 살린다 하고 최선을 다해봐. 아니지, 할머니가 나으시면 할아버지까지 두 분 살리는 거지. 할 수 있을 거야. 너 저번에도 가츠동 한 번 먹어보고 그대로 만들어냈었잖아."

"맞아! 이번에도 그 실력으로 만들어보는 거야!"

기복은 곧 오픈 시간이 되면 자신은 홀에서 스시를 만들어야 하므로 종배에게 호검을 좀 도와주라고 시켰다.

"알겠어요. 돼지 뼈부터 끓일 거지?"

"응!"

둘은 후다닥 주방으로 향했다. 호검은 현영이 돈코츠라멘 만들던 기억을 되짚으면서 차근차근 돈코츠라멘을 만들기 시작했다.

'돼지 등뼈, 사골, 머리뼈를 한소끔 끓여서 버리고, 다시마 우린 물을 붓고 다시 끓이고… 돼지 껍데기도 넣고……'

호검은 육수를 불에 얹어놓고, 특제 소스도 만들었다.

"반숙 계란은 내가 삶아줄게!"

"응, 고마워!"

종배는 반숙 계란을, 호검은 고명으로 올라갈 차슈를 만들었다.

잠시 후, 반숙 계란은 완성이 되었고, 차슈는 냄비에서 잘 졸여지는 중이었는데, 종배가 호검에게 물었다.

"이제 면 뽑아야 하지? 반죽해야지, 그럼."

"아니, 면은 안 만들 거야."

"잉? 면을 안 만들면 그냥 국물만 드시게 하려고?"

종배가 궁금해하며 묻자, 호검이 빙긋 웃으며 대답했다.

"밥 넣어서 돈코츠 죽을 끓여 드릴 거야. 그럼 맛은 같으면서 소화도 잘되고 드시기 좋을 거야."

"오! 그래, 그게 좋겠다! 너 머리 좀 좋네? 하하. 그럼 이제 육수랑 차슈 될 때까지 기다리기만 하면 되는 건가?"

"음……. 그렇지, 아마도?"

몇 시간 후, 호검은 육수가 다 만들어지자, 밥을 넣고 푹 더

끓여서 돈코츠 죽을 만들었다. 고명으로 들어가는 숙주나물
은 잘게 다져서 죽이 다 끓은 다음에 조금만 넣어 섞었다.

"와, 냄새 좋다. 이거 죽으로 끓여도 좋구나."

"맛 한번 볼래?"

"웅!"

종배는 고개를 끄덕인 다음 호검이 조금 덜어준 돈코츠 죽
을 맛보았다. 종배는 입안에 돈코츠 죽을 넣자마자 동공이 확
대되더니 거의 씹지도 않고 바로 입을 열었다.

"으음! 대박! 엄마가 만든 돈코츠라멘 맛이랑 거의 비슷해!
면 대신 밥을 넣어서 식감 같은 게 조금 달라져서 그렇지, 완
전 맛있어!"

"야, 너는 큭. 잘 씹지도 않고……."

"씹을 필요가 없어! 죽이라서 완전 부드럽게 술술 넘어간다!
어르신들 드시기 딱이야!"

"아, 그래? 다행이다."

호검은 보온병에 죽을 담은 뒤, 고명으로 얹을 잘게 썬 챠
슈와 반숙 계란을 따로 담아 챙겼다.

"자, 다 됐네! 얼른 가봐."

"음, 잠깐만."

호검은 무언가 잠시 생각하는 듯하더니 갑자기 부엌 한쪽
에 놓인 냉장고로 향했다. 그는 냉장고에서 핑크빛 꽃잎 같은

내용물이 든 유리병 하나를 꺼냈다.

"어? 초생강은 왜?"

호검이 꺼낸 유리병은 초생강, 즉 생강 초절임이 담겨 있는 것이었다.

생강 초절임은 얇게 썬 생강을 한 번 데쳐 매운 맛을 줄여준 다음 설탕, 소금, 식초를 넣어 재워 만든 것으로 일식집에서는 락교와 함께 꼭 있는 반찬이다.

그래서 기복과 종배는 생강 초절임을 일주일에 한 번씩 담가두었다. 특히 여기 〈복스시〉에서는 붉은 색소 대신 천연 색소로 비트를 활용해서 생강 초절임을 만들고 있었다.

"생강은 몸을 따뜻하게 하고, 면역력도 증진시켜 주고, 항산화 성분도 풍부하잖아. 소화에도 좋고."

호검은 갑자기 생강의 효능에 대해 줄줄 읊기 시작했다.

"그리고 돼지고기는 찬 성질이라 이렇게 따듯한 성질인 생강을 같이 먹어주는 게 좋지. 게다가 이 초생강은 식초랑 설탕이 들어가서 새콤달콤하잖아? 이렇게 새콤달콤한 게 입맛없을 때 먹으면 입맛도 돋궈주고……."

"뭐야, 한의학 박사님이나 할 듯한 이 설명은? 너 이런 거도 공부하냐?"

종배가 호검의 박식함에 놀라 물었다.

"어엇, 그러게. 하하."

"그러게는 뭐야, 공부를 한다는 거야 만다는 거야?"

"예전에 알고 있었나 봐."

호검 또한 자신이 이런 내용을 알고 있었는지 의아했다.

'김완덕 셰프가 알고 있던 내용인가?'

그는 생강이 몸을 따뜻하게 한다는 사실은 어디 책에서 본 적이 있는 것 같은데, 이렇게 생강의 효능을 자세히 알진 못했었다.

호검이 고개를 살짝 갸웃거리는데, 종배가 또 물었다.

"그래서 이거 가져가는 거야?"

"응. 곱게 다져서 조금 가져가려고. 죽에 조금씩 곁들여 드시면 좋을 거야."

호검은 생강 초절임을 곱게 다져서 따로 담았다.

"야, 벌써 2시 반이네! 얼른 가지고 가. 할아버지랑 할머니 목 빠지시겠다."

종배가 시계를 보더니 죽을 담은 통과 고명, 생강 초절임이 담긴 작은 통을 빠른 손놀림으로 가방에 싸 주었다.

"고맙다. 나 갔다 올게!"

"자, 여기 약도. 넌 이 동네 사람이 아니니까 잘 모를 것 같아서 내가 대충 그려봤어."

기복은 막 가게를 나서려는 호검에게 약도를 건넸다.

"아, 감사합니다!"

호검은 약도를 받아들고 〈복스시〉를 나섰다.

기복이 그려준 약도를 보니 할아버지와 할머니가 사시는 집은 조금 언덕을 올라가야 했다. 호검은 죽이 든 가방을 들쳐 매고 좁은 골목의 계단을 올랐다.

'젊은 나도 이렇게 오르기 힘든데. 할아버지, 할머니는 오죽하실까.'

호검은 안타까운 마음이 들었고, 마음이 더 급해졌다.

그는 발걸음을 재촉했다.

*   *   *

'여기가 맞는 것 같은데…… . 갈색 대문…… .'

호검이 약도를 이리저리 살펴보고, 집의 위치도 살펴보더니 열려 있는 갈색 대문 집으로 들어갔다.

"계세요? 할아버지!"

호검이 조심스럽게 집으로 발을 들여놓으며 할아버지를 찾았다. 안으로 들어가자 작은 마당과 스테인리스로 된 문이 하나 보였다.

호검이 마당으로 조심스럽게 걸어 들어가자 개집 안에 늘어져 있던 강아지 한 마리가 얼른 일어나 튀어나오더니 세차게 꼬리를 흔들기 시작했다. 강아지는 순둥순둥하게 생긴 하얀 똥개였는데, 낯선 호검을 보고도 짖기는커녕 좋아서 펄쩍 펄쩍 뛰었다.

"안녕! 귀여워라."

호검은 강아지에게 살짝 손을 흔들어주고는 스테인리스로 된 문 앞을 서성거렸다. 문 앞에는 신발 두 쌍이 놓여 있었는데, 할아버지와 할머니의 신인 듯했다.

'아까 그 할아버지 신발이 이거 비슷했......'

호검이 막 노크를 하려는 찰나, 문이 벌컥 열리며 아까 그 할아버지가 나타났다.

"머여, 흰둥이가 왜 난리 법석이...... 아이고, 왔어? 어여 들어와!"

강아지가 이리저리 뛰면서 목줄이 흔들렸고, 그 목줄이 콘크리트 바닥을 쳐대는 소리에 할아버지가 나와보신 것이었다.

"네, 할아버지."

호검이 신발을 벗고 안으로 들어가자 할머니 한 분이 한쪽에 눈을 감고 누워 있었다.

"할망, 눈 좀 떠봐. 현영이가 라면 끓여 보냈대."

할아버지는 일부러 현영이 끓인 라면이라고 거짓말을 하는 듯했다. 그래야 할머니가 한술이라도 뜰 때니까 말이다. 호검도 그 뜻을 이해하고 별 반박을 하지 않았다.

"그래요......?"

할머니는 들릴 듯 말 듯한 목소리로 입을 열더니 천천히 눈을 떴다.

"응, 현영이가 끓여준 라면 먹고 싶다고 했잖아. 내가 가서 말했더니 이렇게 보내줬네. 이 청년이 가지고 왔어."

"아휴, 고마워……."

할머니는 이불 속에서 손을 꺼내 호검을 향해 뻗었고, 호검은 할머니의 손을 얼른 잡았다.

"네, 할머니. 이거 드시고 얼른 나으셔야 해요."

호검의 말에 할머니는 고개를 끄덕였다.

할아버지는 방에 이어 붙은 부엌문을 열고 가서 그릇과 수저, 물을 가져왔다. 그사이 호검은 방 옆에 세워져 있던 밥상을 펼쳤다.

이제 호검은 가방에서 죽을 꺼내 할아버지가 가져온 그릇에 담기 시작했다.

"으응? 근데 왜 라면이 아니고 죽이야?"

할아버지가 눈을 동그랗게 뜨고 물었다.

"아, 면 드시는 것보다 이렇게 부드러운 죽을 드시는 게 나을 것 같아서, 아니, 나으실 거라고……. 같은 국물에 면만 밥으로 바꾼 거라서 맛은 거의 같을 거예요."

"괜찮아요. 요사이 뭘 못 먹었으니 죽이 낫지. 아, 우리 현영이가 끓여준 라면 냄새 나네!"

"그래, 죽이 더 낫긴 하지."

할머니가 좋다고 하자 할아버지도 고개를 끄덕이며 동의했다.

호검은 죽을 다 담고 나자 그 위에 준비해 온 차슈 고명과 반숙 계란을 얹었고 이어 다진 생강 초절임도 꺼내 놓았다.

"요건 돼지고기 같고, 요건 계란, 근데 요건 뭐여? 무슨 꽃 잎 같기도 허구……."

할아버지가 호기심 어린 눈으로 물었고, 할머니도 몸을 일으키며 중얼거렸다.

"색이 곱네……."

"생강 초절임이에요. 죽이랑 같이 조금씩 해서 드시면 좋아요. 일부러 조금씩 드시라고 다져 왔어요."

호검은 얼른 할머니를 일으켜 드리며 대답했다.

"아, 그려? 생강 냄새가 좀 나긴 하는구만. 할망, 얼렁 먹어봐요. 아, 일단 물부터."

할아버지는 할머니에게 물을 먼저 먹인 다음, 죽을 조금 떠서 할머니 입으로 가져갔다.

"아이, 나 혼자 먹을 수 있어요. 숟가락 이리 줘요."

할머니가 할아버지의 숟가락을 잡으려하자, 할아버지는 할머니의 손을 막으며 말했다.

"힘도 없으면서, 내가 먹여줄게. 자, 아 해봐."

"남사스럽게, 참······."

할머니는 조금 부끄러워하더니 결국 입을 벌렸고, 할아버지는 다정하게 죽을 먹여주었다. 그리고 할아버지와 호검은 할머니의 표정을 살폈다.

'제발, 현영이가 만든 거랑 맛이 같아야 할 텐데······.'

'제발, 맛있다고 하셔야 할 텐데······.'

할머니는 몇 번 입을 오물오물하고는 활짝 웃었다.

"우리 현영이 솜씨가 맞네, 맞아. 바로 이 맛이야!"

"그래? 아휴, 다행이네! 그럼 얼른 더 먹어."

할아버지는 너무 기뻐했고, 호검도 뛸 듯이 기뻤다.

"이제 내가 먹을게요."

할머니는 할아버지에게 숟가락을 건네받아 돈코츠 죽을 떠먹기 시작했다.

"잠깐만요, 할머니."

호검은 막 입으로 죽을 떠 넣으려던 할머니에게 말했다. 그러고는 할머니의 숟가락 위에 다진 생강 초절임을 아주 조금만 올려 드렸다.

"이거 같이 드셔야 건강에도 좋고, 맛도 있어요."

"그려? 고마워."

할머니는 다진 생강 초절임을 얹은 돈코츠 죽을 입에 넣고 또 한 번 오물오물 거렸다.

"요래 먹으니까 더 맛있네! 맛있어, 맛있어."

생강 초절임이 얹어진 돈코츠 죽을 맛본 할머니는 고개를 끄덕이며 좋아했고, 그 모습을 본 할아버지는 더 좋아했다. 할머니는 이제 좀 기운이 나는지 할아버지에게 숟가락을 주며 말했다.

"당신도 어여 들어요. 혼자 먹긴 아까운 맛이라니까. 우리 현영이 솜씨가 아주 좋지. 암, 그렇고말고. 아, 청년도 먹지?"

"아니에요. 전 먹고 왔으니 얼른 드세요."

할머니는 원하던 음식을 먹어서 그런지 벌써 목소리가 조금 밝아진 듯했다. 이제 할아버지도 할머니를 따라 돈코츠 죽을 맛있게 먹기 시작했다.

"아이고, 진짜 맛있네! 기가 막혀."

"태어나서 이렇게 맛있는 죽은 처음 먹어봐요! 내가 아파서 호강하네. 호호."

할머니와 할아버지는 금세 죽 한 그릇을 다 비웠다.

"더 드릴까요? 여기 죽 남았어요."

"아냐, 괜찮아. 배불러."

"그럼 이 죽 여기 담아드릴 테니까 이따가 또 드세요. 아참, 내일 죽 또 가져다 드릴게요!"

"아휴, 고마워, 청년. 정말 잘 먹었어. 현영이한테 잘 먹었다고 전해줘. 덕분에 힘이 좀 난다고."

"네, 그럴게요. 그럼 전 이만⋯⋯."

"참, 내가 보답으로 뭘 좀 챙겨줘야 하는데⋯⋯."

할머니는 호검을 붙들고 자리에서 일어나려고 했다. 하지만 호검은 괜찮다며 할머니를 만류했다.

"아이, 괜찮습니다. 아프신데 누워서 쉬세요."

호검이 자리에서 일어나려는데, 이번엔 할아버지가 호검을 붙잡았다. 그러면서 할머니의 눈치를 살폈다.

"저기⋯⋯. 할망, 사실⋯⋯."

할머니는 할아버지가 왜 저러나 싶었다.

"왜요?"

"사실은 이거 현영이가 만든 게 아니라 이 청년이 만든 거야."

할아버지는 할머니가 죽을 맛있게 다 먹었으니 이젠 말해도 괜찮을 것 같았다. 그리고 진짜 요리를 만들어 온 호검에게 미안하기도 해서 빨리 밝혀 버린 것이다.

할머니는 할아버지의 말에 두 눈을 끔뻑이더니 할아버지의 말이 사실인지 확인하려는 듯 호검을 뚫어져라 쳐다보았다.

"응? 이건 분명이 현영이가 만들었던 그 맛이었는데⋯⋯? 우리 할아범 말이 맞아?"

"아, 그게, 어떻게 된 거냐면요⋯⋯."

"현영이가 가게에 없더라고. 그래서 내가 다른 요리사분들한테 사정 이야기를 했거든. 그랬더니 이 청년 요리사가 만들어주겠다고 한 거야."

할아버지는 얼른 끼어들어 호검 대신 할머니에게 설명을 했다. 할머니는 할아버지의 설명을 듣고는 호검에게 다시 한 번 확인했다.

"그게 정말이야? 이거 정말 청년이 만든 거야?"

"네, 맞아요, 할머니."

"근데 이거 정말 현영이가 만든 그 맛인데! 현영이한테 배운 거야?"

"네, 사모님이 가르쳐 주신 거 맞아요."

"그럼 우리 현영이 제자인 겨?"

"음, 거의 그렇… 죠."

"너무 맛있었는데! 우리 현영이가 만든 그 맛이랑 똑같기도 하고……. 아유, 젊은 청년이 벌써 이렇게 솜씨가 좋아? 어떻게 우리 현영이 손맛을 그대로 따라 했댜……. 혹시, 현영이 아들이야?"

"아니에요. 그냥 사모님께 요리를 배우는 중이에요."

호검은 손을 가로저으며 방바닥에 다시 앉았다. 할머니의 이야기가 길어질 것 같았기 때문이다.

"배우는 중인데 이렇게 잘 만든단 말이야? 대성하겠구만, 대성하겠어! 사실 우리 노인들 입맛 맞추기가 여간 어려운 게 아니거든. 이가 성치 않은 사람도 많고… 또 살아온 날들이 많으니 먹어본 음식도 많아서 까다로와."

"우리 할망도 좀 그런 편이야. 허허. 아니, 근데 할망, 벌써 힘이 나는 겨? 뭔 말을 그리 많이 해?"

"그러게요. 이거 무슨 보양 죽인가 봐. 아무튼, 너무 잘 먹었어……. 고마워, 청년."

할머니는 고맙다면서 호검의 두 손을 꼬옥 잡았다. 할머니는 죽을 먹어서 정말 힘이 나는지 계속 호검에게 말을 했다.

"그래서 이리 착하구만. 늙은이들 위해서 이렇게 죽도 끓여서 직접 갖다주기까지 하고……. 근데 현영이는 어디 갔대?"

호검은 할머니에게 현영이 친정에 갔다는 이야기를 해주었다. 그리고 호검도 궁금한 점을 물었다.

"할머니, 저희 사모님은 노인정에서 알게 되신 거예요?"

"응. 내가 요즘은 아파서 노인정에 통 놀러 못 갔지만, 보통은 거기서 거의 살다시피 하거든."

"나도 할망 따라서 자주 가. 심심하니까. 허허."

"맞어. 우리 할아범도 자주 갔지. 아무튼, 노인정에 가끔 맛있는 음식 해주러 오는 사람들이 있었는데, 어느 날부턴가 현영이가 같이 오기 시작했어. 근데 그러고 나서 음식이 더 맛있어졌지. 불고기로 덮밥도 해주고, 특히 국물이 아주 진국인 우동이랑 라면 이런 걸 많이 해줬어."

아마도 불고기 덮밥은 규동을 말하는 것일 거라고 호검은
추측했다.

"다른 노인들도 다들 맛있다고 그랬어. 그래서 우리 노인정
에 현영이가 식사 대접하러 온다고 하면 다들 꼭 나오고 그랬
다구. 허허."

"아하. 사모님 음식 솜씨가 정말 좋으시죠."

호검이 고개를 끄덕이며 맞장구를 쳤다.

"그럼! 아주 좋지. 아주 좋아. 그리고 아주 착해. 특히 나한
테 그렇게 잘해줬거든. 자기 돌아가신 엄마 닮았다면서. 엄마,
엄마 했지."

할머니의 말에 호검은 현영의 마음이 이해가 갔다. 보고 싶
은데 볼 수 없는 그 그리움이 말이다.

'사모님이 친정어머니가 엄청 그리우신가 보네……'

호검도 자신의 양아버지가 그리웠다. 하지만 다행히도 그에
게는 양아버지의 빈자리를 채워주고 그를 도와주는 학수와
민석이 있었다. 호검은 새삼스럽게 학수와 민석이 정말 고마
워졌다.

"한 일주일 전에도 여기 왔다 갔어. 잠깐씩 시간 날 때 들
러서 과일도 사다 주고 그래. 아주 천사야, 천사!"

"솔직히 우리 아들보다 낫다니까."

할아버지와 할머니는 현영에 대해 입이 마르도록 칭찬했다.

호검은 현영이 봉사 활동도 하고 따로 일부 어르신도 찾아뵙는다는 사실에 또 한 번 놀랐다.

호검이 현영이 참 대단하다고 생각하고 있는데, 할머니가 현영이 그렇게 봉사하는 이유에 대해 말해주었다.

"우리 현영이는 노인정 노인들이 자기가 만든 음식 맛있게 먹어주는 게 그렇게 좋다고 하대. 행복하대. 자기 음식 맛있게 먹어줘서 고맙다고 맨날 그래."

"우리 같은 노인 먹는 게 뭐 그리 보기 좋다고……."

"아……!"

호검은 할머니 말씀에 낮은 탄성을 내뱉었다.

현영은 진정한 요리사였다. 자신이 만든 음식을 맛있게 먹어주는 모습을 보고 행복함을 느낀다는 것. 그건 진짜 요리사의 마음이었다. 그녀는 몸이 약한 편이라 장사는 하기 힘들었고, 이렇게나마 자신이 만든 음식을 남에게 대접하고 싶었던 것이다.

호검은 잠시 어르신들의 말동무를 해드렸다. 그런 다음 할머니 댁을 나오는데 할머니는 굳이 뭘 주고 싶다면서 할아버지를 시켜 냉장고에서 식혜 한 통을 꺼내 주었다.

"이거 내가 직접 만든 거야. 그러니 거절 말고 먹어."

"감사합니다, 할머니. 내일 죽 좀 더 가져다 드릴게요."

"아이고, 괜찮은데……."

할머니, 할아버지는 미안해했고, 또 고마워했다. 할아버지는 대문 밖까지 호검을 배웅해 주었다. 호검은 할머니가 금세 기운을 차려서 뿌듯해하며 가게로 다시 내려왔다.

*　　　*　　　*

일주일쯤 흘러 현영은 친정에서 돌아왔다. 그리고 호검이 자기 대신 돈코츠 라멘, 아니 돈코츠 죽을 끓여 어르신들에게 가져다준 것을 알고는 호검에게 매우 고마워했다.

"호검아, 정말 고맙구나! 혹시 지금 제일 배우고 싶은 일본 요리 있어? 내가 상으로 당장 가르쳐 줄게! 호호호."

"정말요? 전 복어 요리가 배우고 싶은데……."

"복어? 그래, 좋아! 오늘은 복어 요리야! 복어 사러 가자!"

"네! 감사합니다!"

현영은 기분 좋게 호검을 데리고 시장으로 향했다.

*　　　*　　　*

현영은 그 일 이후로 호검에게 일본 요리를 더 잘 알려주었고, 호검의 실력은 날이 갈수록 늘어갔다. 호검은 하나를 가르쳐 주면 그와 비슷한 요리들은 가르쳐 주지 않아도 금방 만들 수 있는데다가, 호검의 기억 속에 저장된 김완덕의 일본 요리들 덕분이었다.

그러던 어느 날 아침, 기복과 종배는 주방에서 재료 준비를 하려던 참이었다. 그러다 가게 문이 열리는 소리가 들렸다.

종배가 호검인 줄 알고 홀로 나갔는데, 검은 모자를 쓰고 검은 마스크를 한 웬 남자가 들어와 있었다. 종배는 섬뜩했지만 마침 생선을 다듬다 나온지라 손에 칼을 들고 있었기에 겁먹지 않고 외쳤다.

"누구세요!"

그런데 그 남자는 아무 대답도 없이 성큼성큼 스시 카운터로 다가왔다.

"누구야, 당신!"

종배가 다시 한 번 소리치자, 그 남자는 갑자기 막 웃으며 마스크를 벗었다.

"나야, 나. 호검이."

"아, 이 자식이. 왜 그렇게 하고 다녀! 놀랐잖아!"

"내 친구가 자꾸 이 정도는 해줘야 한다고 그래서 말이야."

"요전에 나왔던 그 〈셰프의 비법〉 특집 방송 때문에?"

얼마 전 호검이 한 달쯤 전에 녹화한 〈셰프의 비법〉 특집 방송이 방영되었다. 역시나 시청률은 대박을 쳤고, 그날 방송 직후 호검은 곧바로 검색어 1위를 차지했다. 또한 시청자 게시

판도 난리가 났었다. 게다가 그다음 날에는 호검의 뉴스가 마구 쏟아져 나왔다. 그래서 호검은 사람들이 알아볼까 봐 최대한 조심해서 다니고 있는 상태였다.

"응, 어제 모자만 쓰고 집에 가다가 딱 걸렸거든. 요즘 여자애들 눈썰미 좋더라."

"요즘 여자애들이 아니라, 여자들이 좀 눈썰미가 좋지. 큭. 근데, 마스크까지 하니까 더 눈에 띄는 거 같아. 뭔가 무섭기도 하고."

"그치? 내가 그렇다고 했는데도, 정국이 그 자식이 원래 유명한 사람들은 다 이러고 다녀야 한다고……."

"하하하. 참, 근데 너 지금 막 유명할 때 아예 방송 쪽으로 계속 나가지 왜 여기 이러고 있어? 나 같으면 바로 방송이나 나갈 텐데."

종배는 호검이 조금 이해가 가지 않았다. 이런 기회도 자주 오는 게 아닌데, 여기서 일본 요리만 배우고 있는 호검이 말이다. 하지만 호검은 요리를 마음껏 할 수 있도록 어느 정도 인지도를 쌓아놓기 위해 가끔 방송에 출연하는 것이었다. 호검은 이렇게 설명하면 종배가 건방지다고 생각할지 몰라서 그냥 웃기만 했다.

그때, 기복이 홀로 나오며 말했다.

"호검인 네가 아니잖니. 아들아, 진정한 요리사란, 인기나 돈 같은 다른 걸 탐하는 게 아니라 요리 자체를 즐기고, 좋아하고, 또 그 요리를 맛있게 먹는 사람들에게서 기쁨을 느끼는 사람이지. 이 아버지는 네가 그런 진정한 요리사가 되길 바란단다."

기복은 일부러 성인군자처럼 근엄한 척하며 말했다.

"아이, 아버지도 참. 그래도 돈 많이 벌고 유명해진 다음에 진정한 요리사 되면 좋잖아요! 돈 많고 유명해진다고 해서 진정한 요리사가 못 되는 건 아니니까요."

"음, 그럴 수도 있군. 우리 종배가 언제부터 이렇게 똑똑했지?"

"원래부터 전 똑똑했어요! 그러니까 아버지, 우리도 좀 유명해져서 돈 좀 많이 번 다음에 진정한 요리사 하면 안 될까요? 엄마가 이번 달 적자라고 돈 걱정 하시던데……."

"아……. 근데 유명해지는 게 쉬운 일이 아니니까……."

기복이 씁쓸한 표정을 지었다. 기복네 식당 장사가 잘 안되는 것은 아니지만, 가게도 작은 편이고, 또한 이전에 진 빚도 있어서 금전 사정이 좋지 않았다.

"에이, 장사 준비나 하자. 얼른 와!"

"네!"

호검은 얼른 조리복으로 갈아입었다. 그리고 주방으로 들어가려는데, 카운터에 놓인 전화벨이 울렸다.

"네, 〈복스시〉입니다."

―이기복 셰프님?

"잠시만요. 셰프님 바꿔 드릴게요."

호검은 얼른 기복에게 전화가 왔다고 알렸고, 기복은 장어 소스를 만들다가 홀로 달려 나와 전화를 받았다.

종배는 호검에게 누구냐고 물었다.

"바로 이기복 셰프님 찾던데? 나도 누군지는 몰라. 근데 예약 손님이지 않을까?"

"그런가? 넌 장어 좀 만들고 있어."

"오케이."

종배는 계속 스시에 사용할 생선들을 손질했고, 호검은 장어 손질을 시작했다. 호검은 이제 스시도 거의 마스터한 상황이라 능숙하게 장어의 뼈와 살을 분리했다.

기복은 한참을 웃으며 전화 상대방과 통화를 하다가 갑자기 고맙다면서 인사를 여러 번 하고 전화를 끊었다. 그러고는 주방으로 후다닥 달려와 소리쳤다.

"드디어 우리 〈복스시〉에도 기회가 왔구나!"

"네? 아버지, 그게 무슨 말씀이세요?"

종배가 뜬금없는 기복의 말에 생선 손질을 멈추고 물었다. 그러자 기복은 종배에게 다가와 그의 어깨에 손을 스윽 올리며 설명을 시작했다.

"우리 단골인 신 사장 있잖아."

"IT 중소기업 하신다는 그분, 맞죠?"

"응, 맞아. 그 신 사장이 사실 요전부터 누구 좀 소개시켜 준다고 했었거든. 큰손."

"큰손이면, 돈 많은 사람이요?"

"어, 유 회장님이라고, 돈 엄청 많아서 돈 빌려주고 이자 받고 뭐 그렇게 사는 분인가 봐. 근데 그분이 스시를 좋아한대. 그래서 시간 나면 여기 한번 같이 오겠다고 했었어."

"음, 근데요? 그게 무슨 기회예요?"

종배는 여전히 이해가 가지 않는다는 듯 물었다.

"이 큰손 유 회장님이 돈을 빌려주기만 하는 게 아니라 투자도 하신다, 이 말이지!"

"투자라면, 우리 가게에 투자를 해주신다는 거예요?"

"음, 정확히는 우리 요리 실력에 투자를 해주시는 거겠지? 신 사장 말론 유 회장님이 자기가 자주 가는 곳이 불편하거나 그러면 그걸 꼭 편하게 만들어야 하는 성격이랬어. 유 회장이 자주 가던 스포츠 마사지 숍이 있었는데, 거기 마사지사가 아주 실력이 좋은데 유 회장이 있는 곳과 거리도 멀고 숍도 좀 작았었나 봐. 그래서 숍을 자기 집 근처로 옮겨주면서 아주 시설 좋은 숍으로 만들어줬대. 자기 편하게 쓰려고 말이야."

"오! 그럼 우리도?! 언제 오신대요?"

드디어 모든 이야기를 알아들은 종배가 환호성을 지르며 물었다.

"내일 낮 1시에 오신대! 그러니까 최고로 맛있는 스시 코스로 준비해 놓으라더군."

"네? 내일 근데 우리 쉬는 날이잖아요?"

"그렇긴 한데… 오히려 그 손님만 맞는 게 더 나을 것 같아서 오시라고 했어."

"음, 뭐. 중요한 손님이니까! 오케이. 좋아요, 이번 기회를 꼭 잡아야지!"

"잘됐어요. 셰프님! 셰프님이 만드시는 스시는 정말 맛있으니까 분명 유 회장이라는 분도 좋아하실 거예요. 하하."

호검이 축하의 박수를 보내며 말했다.

"하핫. 그래도 좀 긴장되긴 하네……. 이따가 브레이크 타임에 우리 다 같이 스시 뭘 낼지 정해보자."

"좋아요, 좋아!"

종배도 기대감에 부풀어 경쾌하게 대답했다.

기복과 호검, 종배는 브레이크 타임에 생선 종류도 고르고, 스시 코스를 짰다. 그리고 그날 저녁엔 다음날 필요한 재료나 생선도 미리 주문해 두었다.

*　　　*　　　*

다음 날, 호검은 1시 손님만 받으면 되니까 느지막이 집을 나섰다. 물론 오늘은 쉬는 날이지만, 〈복스시〉에 중요한 손님이 오는 날이니 호검은 흔쾌히 그들을 도와주기로 했다.

호검은 검은 마스크 대신 굵고 네모난 뿔테 안경을 끼고 모자를 쓰고 〈복스시〉로 향했다.

'뭐, 이 정도면 못 알아볼 거야.'

호검의 생각대로 사람들은 호검을 알아보진 못했다. 호검은 마스크보다는 이 편이 훨씬 낫다고 생각하며 기분 좋게 식당으로 들어섰다.

"사장님! 저 왔어요!"

호검이 얼른 조리복으로 갈아입고 주방으로 들어가 보니 현영과 종배가 걱정스러운 표정으로 기복을 바라보고 있었다.

"어, 호검아, 왔어?"

"안녕하세요. 근데 왜 다들 앉아계세요?"

호검이 그들의 안색을 살피며 조심스럽게 다가가 물었다. 그런데, 기복의 안색이 창백한 것이 영 안 좋아 보였다.

"아버지가 몸이 좀 안 좋으시대."

"어디가 안 좋으신 거예요?"

호검이 자세히 보니 기복의 이마에 땀방울까지 송골송골

맺혀 있었다.

"체했나 봐. 속이 미식거리고 막 식은땀이 나."

"여보, 어제 저녁에 뭐 드셨죠?"

"스시 몇 개 만들어 먹었어."

"혹시 식중독 같은 건 아니겠죠? 그럼 큰일인데."

"아냐, 그냥 체한 걸 거야. 소화제 하나 먹으면 되겠지. 오늘 중요한 손님이 오는데 하필⋯⋯."

기복은 조금 기분이 언짢았다. 최상의 컨디션으로 요리를 해야 좋은데, 이렇게 중요한 순간에 체하다니. 현영은 일단 기복에게 소화제를 주었고, 기복은 단번에 소화제를 꿀꺽 삼켰다.

"정말 괜찮겠어요?"

"괜찮아."

"여보, 오늘은 원래 쉬는 날이잖아요. 그러니 다음에 다시 오라고 하면⋯⋯."

현영이 걱정스러운 표정으로 기복에게 권유했지만, 기복은 갑자기 화를 버럭 냈다.

"안 돼! 그럼 나중에 언제 올지 몰라. 아예 안 오게 될지도 모른다고!"

호검은 기복의 그런 모습을 처음 봐서 깜짝 놀라 눈치를 보며 가만히 그 자리에 서 있었다. 하지만 곧 기복은 가쁜 숨을 몰아쉬며 현영에게 사과했다.

"후우. 미안해. 지금 내가 몸이 안 좋아서 짜증이 나나 봐. 얼른 생선이나 손질하고 준비하자."

현영도 기분이 상한 듯했지만, 기복이 몸이 안 좋으니 이해하기로 했다.

"알았어요. 뭐부터 할까요? 종배야, 얼른 이리 와. 아버지 옆에서 같이 해."

"호검아, 카스텔라 같은 교쿠 만들어봤었다고 했지? 그거 혹시 조금만 만들 수 있을까? 여기 작은 나베 있는데, 요만큼만."

기복이 작은 나베를 호검에게 건네주며 물었다.

"머랭 쳐서 만드는 교쿠요? 그건 왜요, 사장님?"

"그 유 회장이 빵을 좋아한다고 하더라고. 후우. 그래서 우리가 원래 만들어서 내는 탱글한 교쿠보다 카스텔라처럼 부드러운… 교쿠를 더 좋아하지 않을까 싶어서."

기복은 중간 중간 가쁜 숨을 몰아쉬며 천천히 말했다.

"아……. 근데 사실 전 사장님 교쿠가 더 맛있던데. 그럼 사장님이 만드시는 그 방식의 교쿠는 안 내시고요?"

"아니, 두 가지 다 내어보려고. 그건 이미 만들어놓은 게 있으니까, 머랭으로 만드는 교쿠만 만들면 돼."

"알겠습니다. 지금 바로 만들게요."

기복은 호검에게 할 일을 준 다음, 이제 종배에게 말했다.

"종배야, 가와하기부터 손질하자. 가와하기 간으로 소스 만들고……."

가와하기는 쥐치를 가리켰다.

"네, 아버지. 가져올게요."

종배는 얼른 쥐치를 가지러 가려고 몸을 돌렸다. 그런데 그때.

"가와하기는… 으윽."

기복이 갑자기 배를 움켜쥐고는 그 자리에 주저앉았다.

"여보!"

"아버지!"

"사장님!"

현영, 종배, 호검이 모두 기복에게로 달려왔다.

"아무래도 안 되겠어요. 병원가요."

"으으, 안 돼. 오늘 손님은 정말 중요한……."

"여보! 나한테 그 손님보다 당신이 더 중요하다고요! 알겠어요?"

이번엔 현영이 소리를 빽 질렀다. 호검과 종배가 기복을 부축했는데, 기복은 몇 발자국 못 가서 또 배를 움켜쥐고 주저앉고 말았다.

"안 되겠어. 구급차 불러야겠어. 일단 아버지 방에 눕혀."

구급차를 기다리는 동안에도 기복은 오로지 중요한 손님을 맞아야 한다고 중얼거렸다.

"그 손님… 꼭 내가 대접해야 하는데……. 이번 기회를 놓치면……."

"정말 이럴 거예요? 아프면서 무슨 요리를 한다고!"

현영이 눈물을 글썽이며 소리를 질렀다. 그녀도 그런 그를 보니 마음이 아팠던 것이다.

호검과 종배 또한 그런 기복을 보면서 안타까웠다. 특히 종배는 낙심해서 시무룩해져 있었다. 그는 이런 좋은 기회를 날리게 된 것도 아쉽고, 아버지가 저리 아픈 것도 걱정되고, 또 아픈 아버지가 계속 그 중요한 손님을 놓칠 수 없다고 하는 것도 마음이 아팠다.

이런 가운데 구급차가 도착했고, 기복은 들것에 실려 구급차에 태워졌다. 현영도 보호자로 같이 구급차에 탔다. 그리고 구급차가 병원으로 출발하기 직전, 현영이 종배에게 말했다.

"안방 책상 위에 그 신 사장 명함 올려져 있어. 전화해서 오늘 예약 취소해야겠다고 죄송하다고 정중히 말씀드려. 상황 설명하고. 알겠지?"

종배는 고개를 끄덕였다. 하지만 그때, 구급차에 누운 기복이 외쳤다.

"안 돼……! 나 금방 다시 올 거니까 재료 준비……."

"다시 오긴 뭘 다시 와요! 내가 시키는 대로 해."

현영이 기복에게 핀잔을 주었고, 종배는 걱정스럽게 대답했다.

"네, 엄마. 병원 가서 연락 주세요."

구급차가 떠나고 나자, 종배는 울상을 지으며 한숨을 푹 내쉬었다.

"아, 아버지는 갑자기 왜 저렇게 아프신 거지? 정말 급체하신 걸까? 허참, 하늘도 무심하시지, 좋은 기회 한번 잡아보겠다는데 울 아버지를 저렇게 아프게 하나?"

호검은 아무 말 없이 종배의 어깨를 토닥였다.

종배는 현영이 시킨 대로 안방으로 들어가 신 사장의 명함을 가지고 나왔다. 그런데 그는 계속 수화기를 들었다가 놨다가를 반복하며 우물쭈물하고 있었다.

호검은 그의 아쉬운 마음을 잘 알기에 뒤쪽에서 그를 지켜보기만 하고 있었는데, 종배가 갑자기 수화기를 탁 내려놓더니 호검을 돌아보고 말했다.

"호검아, 나 좀 도와주라. 아니, 우리 집 좀 도와주라."

"응? 그게 무슨……."

*　　　*　　　*

종배가 얼른 호검에게 다가와 그의 두 손을 꼭 붙들었다.

"너 요전에 스시 도시락 몇 번 만들었던 거, 평 좋았잖아. 아버지가 만든 거랑 별 차이도 없다고 했었어. 재료 준비도 가능하고, 스시도 제대로 만들 줄 알고."

"우리 둘이? 우리 둘이 대접을 해보자고?"

호검은 뜻밖의 제안에 깜짝 놀랐다.

"어."

"근데 사모님이 취소하라고……."

"엄마는 이게 얼마나 중요한 일인지 몰라. 그리고 아버지는 끝까지 취소하고 싶어 하지 않으셨잖아."

"음……. 만약에 우리가 사장님보다 못 만들어서 괜히 기회를 날린 게 되어버리면?"

"아……. 솔직히 난 날 못 믿지만, 넌 믿어. 네가 일전에 만들어준 스시 나도 먹어봤잖아. 그거 우리 아버지가 만든 것만큼 맛있었어."

"나도 도와주고 싶은데, 신 사장님이 이 셰프님을 찾으실 텐데……."

"그래! 찾으시겠지. 근데 아버지가 그사이에 정말 얼른 약 드시고 나아서 오실 수도 있잖아? 일단은 재료 준비를 하자."

"만약 못 오시면, 그럼 그땐, 우리 둘이 그냥 하고?"

"응. 그땐 어떻게든 해보자. 제발, 도와줘."

종배가 간곡히 부탁했다. 호검은 종배의 부탁을 거절할 수 없었다. 그동안 기복이나 현영이 자신에게 가르쳐 준 다양한 요리들을 생각하면 보답을 하고 싶기도 했다.

잠시 고민하던 호검은 결국 승낙했다.

"좋아. 일단 재료 준비하자."

"고마워! 정말 고마워!"

종배는 아까 기복이 시켰던 가와하기(쥐치)를 손질하기 시작했고, 호검은 일단 머랭을 섞어 부드러운 카스텔라 교쿠부터 만들었다.

종배는 가와하기 살을 잘 발라놓고, 간을 따로 빼서 우유에 담가두었다.

종배는 각종 스시에 사용될 생선들을 손질해 두었고, 호검은 교쿠를 다 만들고 나서 전복을 술에 담가 약불에 올려놓았다. 그리고 전복이 쪄지는 동안 무, 옥도미살, 달걀, 목이버섯, 새우 등 가부라무시(순무찜)을 만들 재료들을 준비했다.

종배는 생선들을 모두 손질해 둔 다음 장어 조림을 만들었다. 종배는 그 어느 때보다도 더 진지하게 요리에 임하고 있었다.

"근데 왜 엄마는 연락이 없지? 뭐 심각한 병인가, 설마?"

종배가 장어를 소스에 졸이면서 근심 어린 목소리로 말했다.

"아닐 거야. 별일 아니어서 연락 안 하시는 건지도 모르지. 안 그래?"

"맞아. 그럴 수도 있어."

종배가 고개를 끄덕이며 안심을 하는데, 종배의 휴대폰이 울렸다.

"어? 엄만가 봐!"

종배가 주머니에서 얼른 휴대폰을 꺼내 전화를 받았다.

"엄마! 뭐래요? 아버지 괜찮으세요?"

─아버지 수술 들어가셨어.

"네에?"

종배가 너무 놀라 소리를 질렀다. 호검은 종배의 고함에 뭔가 엄청난 문제가 있나 보다고 생각했다.

"뭐, 어, 얼마나 큰 병이기에 곧바로 수술을 해요?"

종배는 불안감에 휩싸여 떨리는 목소리로 물었다.

─급성 맹장염이래. 수술만 하면 괜찮아지는 거니까 너무 걱정 마.

"휴우. 다행이네요. 근데 그럼 오늘 퇴원 가능해요?"

옆에서 듣고 있던 호검도 종배가 다행이라니 안심했다.

─아니. 수술은 한 시간이면 된다는데, 퇴원은 안 될걸?

"그럼 어……."

─참, 신 사장님께 연락은 드렸니?

"아, 뭐, 근데, 어머니도 그럼 병원에 계속 계실 거예요?"

─응, 아마도. 이따 저녁에 가든지 해야지.

"네, 그럼 아버지 잘 돌봐 드리세요. 수술 끝나면 끝났다고 문자 하나 보내주시고요. 궁금하니까."

─그래.

전화를 끊자마자 호검이 종배에게 물었다.

"수술하신대? 근데 뭐가 다행이야?"

"아, 맹장염이래."

"아하. 다행이다. 근데……."

"아버지는 오늘 못 오신대. 이 일을 어떡하지?"

종배가 고민을 하면서 시계를 물끄러미 쳐다보았다.

신 사장이 오기로 한 시각은 1시, 지금 시각은 12시였다.

"일단 재료들 준비를 했으니까, 그냥 해보자. 서당 개 삼 년 이면 풍월을 읊는다는데 나도 어느 정도는 할 수 있어. 게다가 네가 있잖아. 도와줄 거지?"

"물론 난 도와줄 거야. 근데 신 사장님이 이 셰프님이 안 계시다는 걸 아시면……."

"음… 그건 이렇게 하면 돼. 나도 신 사장님 본 적 있거든. 내가 아들이고 같이 요리를 한다는 걸 알고 계셔. 그러니까, 일단은 거짓말로 식사 대접부터 하는 거야. 오늘은 원래 쉬는 날이니까 스시 카운터에서 스시를 만들지 않고 주방에서 만들어서 낸다고 하는 거지. 스시 만드는 데 집중하기 위해 코스를 다 드시고 나면 나와서 인사를 드리겠다고 하는 거야. 그리고 내가 서빙을 하고, 넌 주방에서 스시를 만들고. 어때?"

"그렇게 설명하면 이상하게 생각하지 않을까?"

"조금 이상하게 생각해도 요리가 차질 없이 착착 나오면 정말 안에서 만든다고 생각할 거야."

"그럼 그건 그렇다 치고, 마지막에도 이 셰프님이 없는데 그건 어떡할래?"

"음, 급한 일이 있어서 바로 가셨다고 둘러대는 거지! 내놓은 요리만 맛있다면 별문제 없어."

호검은 이 거짓말이 먹힐지 확신은 서지 않았지만, 일단 지금으로선 이게 최선인 듯했다.

"도와줘, 호검아. 응?"

"알았어."

"좋아! 파이팅!"

종배는 주먹을 꽉 쥐어 보이며 의지를 불태웠다.

1시가 되자, 종배와 호검은 기본적인 코스 요리들을 내갈 준비를 모두 마쳐놓았다.

"스시는 가와하기(쥐치), 우니(성게알), 쥬도로(참치 중뱃살), 아나고(붕장어), 산마(꽁치), 스미이까(갑오징어), 쿠루마에비(보리

새우), 히라메(광어), 아까미 소유즈께(참치속살 간장절임), 아마다이(옥돔), 부리(방어), 사와라(삼치) 이렇게 총 12가지. 생선 준비는 끝났고, 튀김 준비도 끝났고, 타코 차완무시(문어 계란 찜), 관자 이소베야끼, 전복, 순무찜, 미소시루, 교쿠. 오케이."

종배는 준비 완료된 재료들을 하나씩 확인하면서 쭉 읊었다. 그리고 종배가 오케이를 외치자마자, 식당 문이 열리는 소리가 들려왔다.

"왔다! 넌 여기 있어. 알겠지?"

"응."

종배는 얼른 침을 꼴깍 삼키고는 홀로 나갔다.

"안녕하세요, 신 사장님!"

"오, 이기복 셰프 아드님이죠?"

"네, 맞습니다. 기억하시네요."

"쉬는 날 이렇게 와서 실례가 아닌지, 미안합니다."

"하하하. 괜찮습니다. 안녕하세요, 유 회장님."

종배는 공손하게 유 회장에게 인사를 했다.

"아하하하, 반가워요. 나 유상학 회장이오."

유 회장의 얼굴엔 기름기가 좔좔 흘렀고, 볼과 배는 터질 듯이 볼록했다. 그래도 다행히 인자한 미소를 띠고 있는 모습이 까탈스러워 보이지는 않았다.

'인상은 나빠 보이지 않네? 돈이 많아서 잘 드시니까 살이

좀 찌신 건가 보군.'

"근데, 사장님은 어디 계시나?"

"아, 일단 이쪽에 앉으세요."

종배는 두 사람을 스시 카운터가 아닌 테이블석에 앉도록 권했다. 두 사람은 권하는 대로 일단 자리에 앉았고, 종배는 얼른 녹차를 대접하는 등의 기본 세팅을 해주고 말했다.

"지금 아버지께서 코스 요리 준비를 하시느라 너무 바쁘시거든요. 두 분께 최고의 요리를 대접해야 하신다고 엄청 신경을 많이 쓰고 계세요. 그래서 지금 못 나와보시는데, 이따가 식사가 모두 끝나면 나와서 인사드린다고 하십니다. 최고의 요리를 위해서니 양해 부탁드린다고 전해달라고 하셨어요."

"아, 그래요? 그럼 양해해야죠. 일단 식사부터 하죠. 괜찮으시죠, 유 회장님?"

"물론 괜찮습니다. 맛있는 요리 부탁드린다고 전해주세요."

"네, 알겠습니다. 양해해 주셔서 감사합니다. 그럼 금방 첫 요리부터 가져다 드릴게요."

종배는 활짝 웃으며 인사를 하고 다시 주방으로 들어왔다.

"휴우, 살았다!"

호검은 안에서 종배가 하는 말을 다 들었는데, 그의 달변에 감탄했다.

"야, 너 진짜 말 잘하더라. 최고의 요리를 강조하니까, 나 같아도 양해하겠더라."

호검은 자칫 홀에 들릴까 봐 아주 작은 소리로 속삭이듯 말했다.

"하핫, 그래?"

종배는 어깨를 으쓱거리며 자랑스러운 표정을 지었다. 그리고 곧 첫 요리부터 내갈 준비를 했다.

"타코 차완무시(문어 계란찜) 나간다. 전복술찜 준비해 줘."

"오케이."

종배는 타코 차완무시를 내어 가서 두 사람 앞에 내려놓으며 요리 이름을 밝혔다.

"첫 요리는 타코 차완무시입니다."

타코 차완무시는 컵 같은 그릇에 연노란빛 계란찜이 들어 있고, 그 가운데에 문어 다리가 꽂혀 있는 형태였다.

"오, 맛있겠네요!"

유 회장은 입맛을 다시며 말했고, 얼른 숟가락을 들어 문어 다리와 함께 부드러운 계란찜을 떠먹었다. 종배는 일단 첫 요리니 반응이 궁금해서 옆에 잠시 서 있었다.

"으음! 문어는 쫄깃하니 바다 향이 입안에 쫙 퍼지고 계란은 아주 부드럽게 입안에서 살살 녹고. 우리 신 사장이 왜 여길 그리 추천했는지 벌써 감이 오네요. 하하하."

"그렇죠, 유 회장님? 하하하."

신 사장은 고개를 끄덕이며 활짝 웃었고, 종배도 입이 귀에 걸려서 주방으로 들어왔다.

"야야, 봐, 내가 뭐랬어! 우리 할 수 있다니까! 내가 네 실력을 알지. 타코 넣길 잘했어!"

사실 차완무시는 타코를 넣지 않은 그냥 일반 차완무시를 할 계획이었다. 그런데, 김완덕의 레시피 중에서 타코를 넣은 차완무시 레시피가 번뜩 떠올랐고, 마침 싱싱한 문어가 있어서 갑자기 메뉴를 조금 바꾼 것이었다.

호검도 일단 첫 요리가 합격점을 받자 뛸 듯이 기뻤다. 그리고 이번엔 전복술찜을 완성해서 내 주었다. 종배는 차례차례 준비된 요리들을 냈고, 스시도 차례로 내갔다.

호검은 이렇게 바로 홀에 있는 손님에게 스시를 대접한 적이 없었기 때문에 조금 긴장이 되긴 했다. 하지만 기복에게 배운 대로 생선별로 다르게 포를 뜨고, 가볍게 뭉친 밥알 위에 얹고, 검지와 중지로 꼭 눌러 부채꼴 모양의 아름다운 스시를 만들어냈다.

종배도 호검이 만든 스시의 자태에 놀랄 정도로 굉장히 이상적인 모습의 스시였다.

처음 나간 스시는 가와하기(쥐치) 스시였는데, 쥐치는 얇고 넓게 포를 떠 밥알 위에 얹고 쥐치의 간으로 만든 소스를 곁들여 냈다.

"오, 이거 기가 막히네요! 쥐치 간 소스가 어쩜 이렇게 고소하죠?"

신 사장과 유 회장은 처음부터 끝까지 감탄을 하며 스시를 먹었다. 그리고 계속해서 맛있는 요리들이 이어지니 유 회장은 더더욱 사장인 이기복을 만나고 싶어 했다.

"얼른 만나보고 싶군요. 이렇게 기가 막힌 요리를 만든 셰프님을 말입니다."

종배는 일단 요리들이 성공적이라 기뻤지만, 그럴수록 자꾸 유 회장이 기복을 만나고 싶다고 해서 코스가 끝나갈수록 걱정이 점점 커지고 있었다.

그리고 드디어, 마지막 후식 요리로 두 가지 종류의 교쿠가 나갔다. 종배는 교쿠를 내어주고 일단 주방으로 돌아왔다.

"으, 이제 어떡하지? 금방 어디 가셨다고 해도 되겠지?"

종배도 막상 이렇게 넘어가려고 하니 걱정이 되는 모양이었다. 그런데, 홀에서 갑자기 신 사장이 부르는 소리가 들려왔다.

"저, 여기, 잠시만요!"

종배는 이제 기복을 불러달라고 하려나 싶어 떨리는 마음으로 천천히 홀로 나갔다. 종배가 홀에 나가보니 신 사장과 유 회장은 둘 다 교쿠를 하나도 먹지 않고 있었다.

'뭐지, 왜 교쿠를 안 먹었지?'

종배는 의아해하며 둘에게 다가갔다.

*　　　　　*　　　　　*

"저, 혹시 추가로 주문되나요? 유 회장님이 꼭 먹어보고 싶은 스시가 있으시다는데……."

갑작스러운 추가 주문에 종배는 당황했다.

"네? 어떤……?"

종배가 유 회장을 쳐다보며 묻자, 유 회장이 직접 말했다.

"혹시 복어 스시 가능한가요?"

"아… 복어는… 복어가 지금 있는지 일단 확인하고 오겠습니다. 잠시만 기다려 주세요."

종배는 종종걸음으로 주방으로 들어와 호검에게 난감한 표정으로 물었다.

"너 혹시 복어 스시 만들 수 있어?"

사실 오늘 복어는 준비되어 있었다. 원래 코스 요리 중에 복지리를 넣을까 하는 생각도 있었기 때문이다. 물론 종배도 이 사실을 알고 있었지만, 혹시라도 호검이 복어 스시를 못 만든다고 하면 거절할 이유를 대기 위해 일부러 재료가 있는지 보겠다고 한 것이었다.

"갑자기 웬 복어 스시?"

호검이 의아한 표정으로 되물었다.

"유 회장님이 복어 스시를 만들어 줄 수 있냐고 하는데, 그게 드시고 싶으신가 봐. 근데 너 만들 수 있어? 우리 아버지도 복어 스시 만드는 건 내가 보질 못했는데……."

"나도 복어 스시는 못 배웠어. 복어 손질이랑 회 뜨기, 복지리는 할 줄 알지만, 음……."

"복어조리기능사에 스시 만드는 건 없는 거야?"

"응."

복어 요리를 하려면 특별히 복어조리기능사라는 시험에 합격해야 했다.

호검은 현영에게 복어 요리를 배우기 전에 이미 복어조리기능사 필기시험을 따놓은 상태였기에 현영에게 복어 요리들을 배우자마자 곧바로 실기시험을 봤다. 그리고 며칠 전에 복어조리기능사에 최종 합격했다.

"근데 회 뜨면 그거 그냥 샤리(초밥용 밥)에 얹으면 복어 스시잖아?"

"그렇긴 한데, 야꾸미(양념) 같은 걸 추가해서 뭔가 맛있게 만들어야 할 텐데……."

"음… 그럼 안 된다고 해야겠다!"

종배는 별 고민 없이 돌아서 다시 홀로 나가려고 했다. 그런데 그때, 호검의 머릿속에 김완덕의 복어 스시 레시피가 떠올랐다.

"잠깐만!"

"응?"

종배가 호검을 휙 돌아보았다. 호검은 일단 종배를 불러세운 다음 잠시 멍하니 있었다. 그는 완덕의 레시피를 떠올려보고 괜찮은지 생각하느라 잠시 멍하니 있었던 것이다.

"왜? 불렀으면 말을 해."

종배는 멍하니 있는 호검을 살피며 다시 물었다.

"복어 스시, 만들어볼게."

"정말? 만들 수 있겠어?"

"응, 사모님이 알려주신 복어회를 응용해서 만들 수 있을 것 같아."

"그럼 일단 회를 뜨고 있어봐. 내가 나가서 된다고 말씀드리고 올게."

종배는 유 회장과 신 사장에게 복어 스시를 만들어 줄 테니 조금만 기다려 달라고 했다. 유 회장과 신 사장은 기뻐하며 기꺼이 기다리겠다고 했다.

호검은 복어를 최대한 얇게 회를 뜨기 시작했다. 그런 다음 얇게 썬 복어회를 두 겹씩 밥알에 얹어 스시를 만들었다. 마지막으로 그 위에 야꾸미(양념)로 빨간 무즙과 다진 실파를 얹었다.

"다 된 거야?"

"응."

호검이 대답을 하자마자 종배는 날름 복어 스시 하나를 집어 먹었다.

"야! 지금 나갈 건데, 먹으면 어떡해?"

"맛을 봐야지!"

종배는 복어 스시를 우물우물 씹으면서 말했다. 그리고 금방 복어 스시를 꼴깍 삼키더니 외쳤다.

"으음! 대박!"

"그래? 맛있어?"

"응! 식감이 죽여주는데? 맛도 좋고. 일단 내 입맛엔 합격이야. 아니, 합격 정도가 아니고 수석 합격! 으흐흐. 얼른 하나 다시 만들어줘. 빨리!"

"아, 알았어."

호검은 종배가 만족스러워하니 안심하고 얼른 복어 스시를 하나 더 만들었고, 종배는 복어 스시를 들고 홀로 나갔다.

"복어 스시 나왔습니다."

"오, 고마워요. 없는 메뉴 주문해서 미안하기도 하고요."

"괜찮습니다. 맛있게만 드셔주세요."

"복어를 엄청 얇게도 써셨네!"

"그러게요. 요렇게 얇게 써는 것도 쉽지 않은데 말이에요.

복어는 세포가 조밀하고 질긴 편이라 이렇게 얇게 썰어야 쫀 득하고 맛있다고 하더라고요."

"오, 복어 세포 구조까지 아시다니! 유 회장님, 전문가시네 요? 아하하하."

"전문가 포스가 좀 납니까? 먹는 건 제 전문이 맞으니 부정 할 수 없네요. 하하하. 그럼 어디 먹어볼까요?"

유 회장과 신 사장은 조심스럽게 복어 스시를 집어 간장을 살짝 찍은 다음 입속에 넣었다.

종배는 이어 그들의 입에서 무슨 말이 나올까 걱정 반 기 대 반으로 옆에서 눈치를 보고 있었다.

몇 번 복어 스시를 씹어보던 유 회장과 신 사장은 동시에 눈이 왕방울만 해져서는 종배를 쳐다보았다.

"이야⋯⋯. 담백하고 쫄깃하고 정말 맛있네요!"

"한 점 더 먹을 수 있을까요?"

"아, 그럼 저도⋯⋯?"

유 회장과 신 사장은 각자의 빈 접시를 종배에게 내밀며 말 했다. 종배는 함박웃음을 지었고, 곧 다시 주방으로 들어가 복어 스시를 더 만들어다 주었다.

"어? 이번엔 다른 것도 있네요?"

신 사장의 말대로 이번에 각 접시에 스시가 두 개씩 올려져 있었다.

"네, 요건 서비스예요. 살짝 익힌 복어 살에 특제 간장 소스를 바른 복어 스시입니다."

"오, 여기 서비스가 끝내주는군요! 맛도 맛이지만, 서비스도 좋고!"

유 회장은 칭찬을 하다가 갑자기 홀을 둘러보면 중얼거렸다.

"가게만 좀 더 넓으면 아주 좋겠네……."

종배는 그 말을 듣고 속으로 쾌재를 불렀다. 이런 마음이 들었다는 건 긍정적인 신호였으니까 말이다.

"사실 늘 이렇게 드릴 수 있는 건 아니고요, 특별히 신 사장님과 유 회장님께만 드리는 겁니다. 하하하."

"젊은 친구가 넉살이 아주 좋네. 장사 잘하겠어. 허허허."

"감사합니다!"

"그럼 어디 이 간장 소스를 바른 것부터 먹어볼까? 항상 난 새로운 것부터 맛보고 싶거든."

"저도 그렇습니다, 회장님. 저도 이것부터!"

두 사람은 간장 소스를 바른 살짝 익힌 복어 스시를 맛보더니 역시 굉장히 좋아했다.

"같은 복어로 만든 스시인데도 이렇게 맛이 다르다니!"

"그런데 또 둘 다 맛있고요. 그렇죠, 회장님?"

유 회장은 고개를 끄덕이며 곧바로 야꾸미를 얹은 복어 스시를 입에 쏙 집어넣었다.

"아, 배 엄청 부른데, 계속 들어가네요."

"이 교쿠도 드셔야 하는데……."

종배가 옆에서 웃으며 테이블에 놓여 있는 아직 맛보지 않은 교쿠를 상기시켰다.

"아! 그렇지. 이것도 먹어야 하는데……. 이 집 교쿠가 또 맛있거든요."

"이 집에 안 맛있는 게 있긴 합니까? 허허허."

"그건 그래요. 하하. 참, 근데 왜 교쿠가 두 개나 되죠? 원래 하나만 줬었는데, 오늘은 2개네요?"

신 사장이 궁금한 듯 물었다.

"아, 하나는 빵처럼 부드럽고, 하나는 젤리처럼 쫀득함이 더 강한 교쿠로, 만드는 법도 좀 차이가 있고, 맛도 차이가 좀 있습니다. 원래 기존에 내던 교쿠는 이 쫀득한 교쿠인데요, 유 회장님이 빵을 좋아하신다는 말씀을 들어서, 카스텔라 느낌에 더 가까운 요 부드러운 교쿠도 함께 만들어봤습니다."

"오, 그럼 내 취향을 고려한 배려군요?"

"네, 그렇습니다."

"고마워요. 참, 이 집은 손님을 위한 배려도 좋고, 음식도 맛있고……. 가게만 넓으면 좋겠네."

유 회장은 또 한 번 가게를 둘러보며 중얼거렸다.

"맞아요, 가게가 조금만 더 컸으면 좋을 텐데."

신 사장은 은근슬쩍 맞장구를 쳐주고 교쿠로 젓가락을 향했다. 신 사장은 원래 쫀득한 교쿠의 맛을 알고 있기에 카스텔라 빵처럼 부드러운 교쿠를 먼저 맛보았다.

"요건 또 요거대로 맛있네요. 하하하. 촉촉하고 부드럽고, 고소하고. 유 회장님은 어떠세요?"

"신 사장님 말이 딱 맞네요. 부드럽고 고소하고. 근데 이 쫀득한 교쿠도 괜찮은데요?"

두 사람은 배가 불러서 더 들어갈 자리가 없다고 구시렁거리면서도 결국 교쿠까지 다 먹어치웠다.

"아! 오늘 점심은 너무 맛있었어요. 맛있는 음식을 먹을 수 있는 이곳이 바로 천국이네요. 으하하하."

유 회장이 배를 두드리며 말하더니 이렇게 맛있는 요리를 만들어낸 셰프를 만나고 싶어 했다.

"근데 이제 이 천국의 사장님을 뵐 차례인 것 같은데……."

"그러게요. 사장님! 이 셰프님!"

드디어 올 것이 왔다.

신 사장이 기복을 찾는 소리에 주방에 있던 호검과 종배는 안절부절못하며 소곤거렸다.

"어떡할 거야, 이제?"

"음, 냉수 한 컵 줘봐."

호검은 종배에게 냉수를 한 잔 따라주었고, 종배는 물을 벌컥벌컥 마시고 깊이 숨을 고르더니 홀로 나갔다.

"아, 죄송합니다만, 지금 저희 어머니께서 갑자기 배가 너무 아프셔서 아버지께서 모시고 병원으로 바로 가셨어요. 급박한 상황이라 인사도 못 드리고 간다고 죄송하다고 전해 드리래요. 제가 대신 사과드립니다. 죄송합니다."

"아이고, 저런. 그런 상황이면 저희가 이해해야죠. 걱정이 많으시겠네. 혹시 근데 사모님이 아까부터 아프셨는데 저희 대접한다고 참고 계셨던 거 아니에요?"

신 사장은 고맙게도 알아서 추측을 해주었다.

"그러셨나……. 아무튼 다음에 꼭 한번 다시 들러주세요!"

종배는 그럴지도 모른다는 뉘앙스만 풍기고 적당히 넘어갔다.

"뭐, 워낙 요리가 맛있어서 셰프님을 뵙고 싶었는데, 인사는 다음에 해도 되죠. 다음에 또 올 테니까요. 아무쪼록 어머님이 빨리 쾌차하길 바랄게요."

"감사합니다!"

종배는 속으로 안도의 한숨을 쉬었고, 호검도 주방에서 가슴을 쓸어내렸다.

신 사장과 유 회장은 추가 주문 값이라면서 음식값을 더 쳐주었고, 마지막까지 맛있게 잘 먹었다는 말을 계속 반복하면서 식당을 나섰다.

"감사합니다! 또 오세요!"

종배는 깍듯이 고개를 숙여 인사를 했고, 그들이 나가고 나자, 곧바로 호검의 이름을 부르며 환호성을 질러댔다.

"와아! 성공이야! 강호검! 나와. 가셨어!"

호검은 주방에서 홀로 연결되는 문에서 고개를 빼꼼 내밀고 주변을 살피더니 홀로 나왔다.

"야, 돈도 더 많이 내고 갔어! 복어 스시 만들어줬다고 말이야. 완전 대박이야! 그리고 아까 그 유 회장님이 막 여기 가게가 작은 게 흠이라면서 두 번이나 말했다? 그게 무슨 말이겠어! 으하하하!"

"와, 잘됐다, 정말!"

"다 네 덕분이야. 난 아직 실력이 모자라서 이 정도로 대접 못 해. 정말 고마워! 네가 우리 가게를 살린 거야."

종배는 호검을 와락 껴안았다.

"아이, 뭘. 내가 고맙… 어엇?!"

"아냐, 역시 넌 천재 요리사야! 아버지만큼이나……."

갑자기 호검이 종배의 입을 틀어막더니 그를 휙 잡아 돌렸다.

종배가 돌아보니 신 사장이 그들을 쳐다보고 있었다.

호검은 후다닥 주방으로 도망을 쳤고, 종배는 당황해서 말을 더듬으며 물었다.

"시, 신 사장님! 언, 언제 오셨어요?"

"역시, 그랬군."

신 사장은 의외로 놀란 표정이 아니었고, 화가 난 것 같지도 않았다.

"네? 뭐, 뭐가요?"

종배가 일단 시치미를 뗐다.

"아까 그 친구가 오늘 코스 요리를 다 만든 거죠?"

"아, 아뇨, 무슨 말씀이세요. 에이, 저희같이 어린 애들이 어떻게 아버지 흉내를 내겠어요. 그냥 흉내도 아니고 맛을 흉내 낸다는 건 말도 안 되죠."

"나한텐 솔직히 말해도 됩니다. 유 회장은 갔고, 요리도 굉장히 맛있었다고 만족스러워했고요. 저 친구가 천재 요리사라면서요?"

"아… 그 친구가……."

종배는 어찌할 바를 몰라 눈을 이리저리 굴리고 있었다.

"나와보라고 해요. 여기 좀 나와보세요!"

신 사장이 주방을 향해 소리쳤다. 안에서 호검은 어찌해야 하나 고민하고 있었고, 종배 또한 그랬다. 결국 종배는 이미 들켰다는 사실을 인정하고 고개를 떨구며 말했다.

"죄송해요. 야, 나와봐."

호검은 그사이 얼른 뿔테 안경을 썼다. 그래도 자신이 강호검이라는 건 숨기는 것이 낫지 않을까 싶어서였다.

호검이 쭈뼛거리며 홀로 나왔고, 일단 신 사장이 자신을 알아보는지 슬쩍 눈치를 보았다. 뿔테 안경 덕분인지, 신 사장은 호검을 알아보지 못하는 듯했다.

"어린 친구 같은데, 요리를 굉장히 잘하네요? 정말 오늘 요리 혼자 다 한 거 맞아요?"

신 사장이 미소를 지으며 물었다. 그의 태도는 그렇게 언짢아 보이지는 않아 다행이었다.

"혼자는 아니고, 여기 종배가 같이 도와줬어요."

호검이 최대한 담담한 표정으로 조심스럽게 대답했고, 신 사장은 알겠다는 듯 고개를 끄덕였다. 잠시 침묵이 흐르고, 호검과 종배가 신 사장의 눈치를 보고 있는데, 신 사장이 마침내 입을 열었다.

"아, 사실은……."

*   *   *

"조금 눈치챘었어요. 내가 여기 단골인데 이 사장님 스타일을 모를 리 없잖아요?"

"아……. 속여서 죄송합니다."

호검과 종배는 고개 숙여 사죄했다.

"그럼 확인하시려고 다시 오신 건가요?"

종배의 물음에 신 사장은 고개를 끄덕였다.

"아……. 근데 차이가 많이 났나요?"

호검이 기복과 어떤 차이가 있었는지 궁금했기에 조심스럽게 물었다.

"음, 그냥 스시의 모양이 조금 다르기도 했고, 야꾸미(양념) 같은 경우에도 곁들이는 게 조금씩 달랐어요."

사실 호검은 김완덕의 스시 요리와 이기복의 스시 요리를 모두 알고 있었기에 두 가지 스타일을 섞어 가장 좋은 것으로 골라 익히고 있었다. 그래서 일부 디테일이 기복의 스시와는 조금 달랐던 것이다.

"하지만, 정말 다 맛있더군요. 이 셰프님 제자이신 거죠?"

"네, 그럼요. 오늘 낸 스시들은 이 셰프님께 배운 거예요."

"아, 복어 스시만 빼고요."

종배가 끼어들어 정확히 말했다. 이왕 이렇게 들통난 거 확실한 진실을 밝히는 편이 나중을 위해서도 낫다고 판단했기 때문이다.

"오, 복어 스시는 그럼?"

"그건… 복어 회를 먹는 방법을 응용해서 스시로 만들어본 거예요."

"그렇군요. 대단해요, 정말. 같은 요리를 해도 손맛이라는 게 다 달라서 만드는 사람마다 요리 맛이 다르잖아요? 특히 스시는 정말 손으로 쥐는 손맛이 있죠. 근데 손맛이 정말 좋으시네요."

신 사장은 흐뭇하게 웃으며 칭찬을 하더니, 갑자기 물었다.

"아, 근데 이름이?"

호검은 신 사장이 대뜸 이름을 묻자 난감했다. 자신의 이름을 솔직히 말했다가 혹시라도 호검의 정체를 알게 될까 봐 말이다.

호검이 우물쭈물하는 모습을 본 종배가 얼른 다른 이야기를 꺼냈다.

"신 사장님, 근데 유 회장님께선 뭐라셔요?"

"아주 마음에 든다고, 좋아했어요. 그리고 이런 테이블만 있는 데 말고 방이나 따로 된 공간이 있는 가게면 편하겠다고 하셨죠."

"오, 다행이네요. 아버지가 정말 좋아하실 거예요."

"참, 이기복 사장님은 어떻게 된 건가요?"

신 사장은 종배와 대화를 하다 보니 왜 기복은 없고 이들이 요리를 하고 있었는지 궁금증이 떠올랐다.

"실은⋯⋯."

종배는 기복이 지금 급성 맹장으로 병원에서 수술을 받은 상태라고 알렸다. 그리고 자신은 이 기회를 놓치고 싶지 않아서 그냥 강행한 것이라고 말이다.

신 사장은 이런 사정이 있다니 그들이 대신 요리를 한 것을 모두 이해해 주었다.

"이해해 주셔서 정말 감사드립니다. 아버지도 이 기회를 정말 놓치기 싫어하셨거든요. 어떻게든 당신께서 하실 거라고 고집을 부리셨는데, 결국 너무 아프셔서 병원으로 실려 가시게 된 거예요."

"아, 이 사장님이 아프셔서 어떡한답니까……. 수술은 잘 끝났대요?"

"이제 연락드려 보려고요."

"퇴원하시면 저한테 연락 한번 주시라고 해주세요. 아무튼 오늘 유 회장님이 아주 좋아하셨으니까 좋은 일 기대할 수 있을 거예요."

"감사합니다!"

그때, 신 사장의 휴대폰 벨이 울렸고, 그는 발신자를 확인하더니 얼른 호검과 종배에게 인사를 했다.

"난 이만 가볼게요. 오늘 맛있게 잘 먹고 갑니다. 다음에 또 봅시다."

신 사장은 살짝 고개를 숙이고는 얼른 전화를 받으면서 식당을 나갔다. 호검과 종배는 신 사장이 나가고 나자 의자에 털썩 주저앉았다.

"으아, 다행이다. 신 사장님이 화내실까 봐 조마조마했어."

"맞아. 근데 역시 맛있으니까 잘 넘어간 거야. 으흐흐. 나도 복어 스시만 먹어봤지만, 다른 것도 다 맛있었겠지. 아, 우리 그거 남은 생선들로 스시 좀 해 먹어보자. 나 배고파."

호검도 긴장하고 요리를 만들 때는 배고픈 줄 몰랐다가 긴장이 풀리니 배가 고파왔다.

"그래, 그러자."

"아, 우리 일단 오늘 신 사장님이랑 유 회장님은 안 오신 걸로 해. 알겠지? 엄마 말대로 취소한 거야."

"알았어. 스시 뭐 먹을래?"

"난 쥐도로 먹고 싶어!"

"오케이!"

호검과 종배는 신나게 주방으로 향했다.

*　　　*　　　*

며칠 후, 기복은 퇴원을 했고, 잠시 쉬었던 식당 영업은 재개되었다.

기복은 그날 이후 계속 기분이 안 좋아 보였지만, 호검은 일단 종배의 당부대로 신 사장님과 유 회장님이 왔었다는 말을 하지 않았다. 하지만 종배는 연일 싱글벙글이었다.

"근데, 종배야, 사장님 너무 우울해 보이시는데, 얼른 말씀드리는 게 낫지 않을까?"

호검은 기복이 걱정되어 종배에게 말했다.

"난 일단 유 회장님이 다시 오시거나 무슨 연락이 있을 때까지 기다리려고 하는데…… 만약에 왔다 갔는데 별 소득이 없으면 그것도 그것대로 실망이잖아."

"그런가…… 뭐, 네 의견이 정 그렇다면 어쩔 수 없지. 근데 사장님 기분 좀 풀어드려 봐. 난 그런 재주는 없어서 말이야."

호검의 권유에 종배는 슬쩍 기복에게 다가가 그를 위로했다.

"아버지, 기회는 또 오는 거예요. 너무 실망하지 마세요."

"허허. 네가 위로도 해주고, 웬일이냐. 후우. 그래, 인생이 다 그런 거지."

"새옹지마라는 말도 있잖아요! 좋은 일이 안 좋은 일이 될 수도 있고, 안 좋은 일이 좋은 일이 될 수도 있고요."

"오, 우리 종배 그런 말도 아니?"

"하하하. 저 은근 똑똑해요."

"그래, 이제 저녁 타임 준비해야지. 일하자."

기복은 종배의 말에 대꾸를 조금 해주다가 금방 말을 끊었다.

'아, 유 회장님은 왜 빨리 연락 좀 주시지, 연락을 안 주시는 거야…….'

종배가 안타까운 표정으로 영업 준비를 하는 기복을 바라보았다.

종배는 저녁 타임 준비를 하는 기복을 계속 관찰했고, 저녁 영업 중에도 그의 안색을 살폈다.

기복은 얼굴에 미소를 띠고 있었지만, 그 미소가 너무 씁쓸해 보였다.

"아이, 참."

저녁 8시 반쯤 되자, 홀에 손님들이 모두 나가고 잠시 시간이 남았다. 결국 종배는 그 틈에 기복에게 다가가 말을 걸었다.

"아버지, 비밀 얘기 할 게 있어요. 엄마 몰래요."

"응? 뭔데?"

"사실은요, 그날, 신 사장님이랑 유 회장님 오셨었어요."

"뭐어? 취소 전화를 안 드렸어? 그럼 헛걸음까지 하게 한 거야?"

기복은 화가 난 듯 목소리가 높아졌다.

"아뇨, 좀 조용히 해보세요. 저랑 호겸이가 스시 코스 준비해서 드렸어요."

"뭐? 정말? 그래서?"

"아주 만족스러워하셨죠. 당연히!"

종배가 자랑스럽게 말했다. 기복은 놀라서 벌린 입을 다물지 못했다.

"아니, 어떻게 그럴 생각을 했어? 근데 정말 만족스러워하셨다고? 네가 만든 스시를?"

"아뇨. 스시는 호검이가 거의 다 만들었죠. 전 준비해 주고 좀 거들고, 서빙하고 그랬어요."

그게 가능한 일인지 의아해하는 기복에게 종배는 그날 일을 자세히 설명했다.

그러자 기복은 금세 얼굴에 화색이 돌았다.

"유 회장님이 그랬단 말이지? 가게가 좁은 게 흠이라고."

"네! 그것도 두 번이나 그러셨어요!"

종배가 손가락 두 개를 기복의 눈앞에 펼쳐서 흔들어 보였다.

"으하하하. 내가 아주 너희들을 잘 가르쳤구나!"

기복은 싱글벙글 웃더니 주방으로 급히 들어가며 호검을 찾았다.

"호검아! 우리 복덩이 호검이! 하하하."

기복은 기분이 좋아서 호검을 얼싸안고는 마구 흔들어댔다.

호검은 갑작스러운 애정 표현에 화들짝 놀라 소리쳤다.

"네?"

"아버지가 하도 힘없어하시길래 내가 그냥 말해 버렸어."

"아……. 뭐, 사장님이나 사모님이나 워낙 저한테 잘해주셨잖아요. 이 정도쯤이야……."

호겸은 쑥스러운 듯 머리를 긁적였다.

"근데 아버지, 그냥 약속을 어기지 않고 요리를 해드렸다 뿐이지, 확실히 결정된 건 없으니까, 괜히 너무 기대하셨다가……."

"알아, 알아. 그래도 우리 가게에 온 손님들을 실망시키지 않았다는 게 중요한 거야. 암, 그렇고말고! 하하하하."

기복은 신이 나서 연신 웃음을 터뜨렸다. 그런데 그때, 홀에서 전화벨 울리는 소리가 들려왔다.

"뭐지? 웬 전화지? 혹시?"

기복은 후다닥 홀로 뛰어나가 전화를 받았다. 종배도 얼른 그를 따라 나가 기복이 전화받는 소리를 엿듣기 시작했다.

"네, 〈복스시〉입니다."

─아, 사장님! 접니다.

"아, 신 사장!"

기복이 신 사장이라고 하니 종배가 놀라더니 내용을 더 잘 듣기 위해서 기복에게 더 가까이 다가갔다.

─맹장염은 다 나으셨어요?

"네, 괜찮습니다. 그날은 죄송했습니다. 그날 일을 지금에서야 애들한테 들어서 알았네요."

ㅡ아휴, 괜찮습니다. 아주 아드님이나 제자분이나 아주 잘 키우셨던데요? 요리 솜씨가 역시 사장님을 닮아서 그런지 대단했습니다.

"아하하하. 감사합니다."

ㅡ참, 좋은 소식 전해 드리려고 연락드렸어요.

"좋은 소식이요?"

기복이 상기된 얼굴로 종배를 쳐다보았다.

ㅡ유 회장님이 그날 이후로 계속 〈복스시〉 이야기를 자주 하셨어요. 그리고 저한테 혹시 가게 확장하실 의향이 있으신지 물어보라고 하시더라고요.

"네에? 정말요?"

ㅡ유 회장님이 요 근처 번화가에 마침 가지고 계신 건물 1층이 이번에 계약 만료로 나간대요. 그래서 거기 들어오시면 어떻겠냐고 하시던데. 임대료도 안 받으시겠대요. 유 회장님이 자주, 편하게 맛있는 스시를 드시고 싶어서 그러시는 거라고요.

"아니, 이렇게 감사할 때가⋯⋯. 저희는 무조건 의향이 있습니다!"

옆에서 종배는 아무리 귀를 쫑긋 세워도 신 사장의 말소리가 들리지 않아서 살짝 인상을 쓰고 있었다.

─그럼 일단 의향이 있으신 걸로 전해 드릴게요. 아마 유 회장님이 조만간 다시 가실 테니까 이번에 가시면 사장님이 잘 대접해 드리세요. 참, 그날 요리는 유 회장님은 사장님이 해주신 걸로 알고 계세요. 제가 말씀 안 드렸거든요.“

"아, 알겠습니다. 감사합니다! 감사합니다!"

기복은 흥분된 목소리로 거듭 인사를 하고 전화를 끊었다. 기복이 전화를 끊자마자 종배가 기복을 다그쳐 물었다.

"아버지! 뭐래요? 네? 좋은 소식 뭐래요?"

"으하하하. 글쎄! 유 회장님이……."

기복이 종배에게 설명을 하려는데, 손님이 들어와 인사를 했다.

"안녕하세요, 아저씨!"

"어? 유진아! 아, 영도 씨도 오랜만이네."

그 손님은 바로 배우 홍유진과 그녀의 매니저 영도였다.

"안녕하셨죠?"

"이제 다시 스시가 땡기는 거야?"

"네, 이제 예전의 저로 돌아왔습니다! 하하."

지금 종배는 배우 홍유진이 오든 말든 유 회장이 뭐라고 했는지가 궁금해서 거기에 온정신이 쏠려 있었다.

그는 아버지의 옷깃을 잡아당기며 복화술을 하듯 조용히

물었다.

"아버지, 뭐랬는데요……."

"아이, 이따 말해줄게. 손님 왔잖아."

"힝……."

종배는 입을 쭈욱 빼고 입꼬리를 내리고는 주방으로 휙 들어가 버렸다.

"유진아, 새 드라마 들어갔다고 하더니 시간이 났어?"

"겨우겨우 시간 빼서 여기 온 거예요. 제가 먹는 걸로 스트레스 풀잖아요. 요리 드라마가 더 힘든 것 같아요. 힝……."

"그럼 우리 유진이 엄청 맛있는 걸로 해줘야겠네! 스트레스 팍 풀리라고!"

"네네! 맛있게 해주세요!"

일단 기복은 유진과 영도에게 주문을 받은 다음 주방으로 들어갔다.

종배는 빨리 말을 안 해준다고 심통이 나서 주방 한쪽에 걸터앉아 있었다.

"종배야, 왜 그래?"

호검은 종배가 심통이 나 있자 뭔가 일이 잘못되었나 싶어 걱정이 되어 묻고 있었다.

"허허허. 그 녀석 내가 풀어줄게. 유 회장님이 자기 건물로 들어와서 장사하는 게 어떻겠냐고 물어보라고 하셨단다."

"네에?"

호검이 먼저 놀라서 눈을 동그랗게 뜨고 물었고, 종배는 금세 쭉 빼고 있던 입술을 다시 원상 복귀시키더니 벌떡 일어나 웃기 시작했다.

"으하하하! 제가 그럴 줄 알았어요!"

그리고 종배의 커다란 웃음소리에 놀란 현영이 방문을 열고 주방으로 나왔다.

"뭐야, 무슨 일이야? 뭐 좋은 일 있니, 종배야?"

"그럼요! 엄마! 우리가 해냈어요! 저랑 호검이가요!"

종배는 기뻐서 펄쩍펄쩍 뛰며 현영에게 다가갔다.

"뭘? 뭘 해냈는데?"

놀란 토끼 눈을 하고 현영이 종배를 쳐다보았다. 그러자 기복이 눈시울이 붉어져서는 떨리는 목소리로 말했다.

"여보, 우리 이제 곧 큰 가게로 옮길 수 있을 것 같아."

3. 명당자리 쟁탈전

기복의 말에 현영의 눈이 더 커졌다.

"그, 그게 무슨 소리예요? 옮길 수 있다는 건 뭐고, 또 종배는 뭘 해낸 거죠?"

"그게 말이지……."

기복은 현영에게 자초지종을 설명했다. 그리고 방금 걸려온 신 사장의 전화 내용도 알려주었다. 현영은 기복의 이야기를 다 듣고 나자, 눈물을 글썽거렸다.

"어머, 여보! 어떻게 그런 일이!"

"이게 다 호검이 덕분이에요. 호검이가 있어서 가능한 일이었다구요!"

종배는 호검을 치켜세우며 그에게 어깨동무를 했다.

기복도, 현영도 모두 호검의 손을 한쪽씩 부여잡고 인사를 전했다.

"고마워, 정말."

"이 은혜 잊지 않을게."

"아이, 뭘요. 저야말로 감사하죠. 제가 일본 요리를 어디 가서 이렇게 잘 배우겠어요."

"아, 내 정신 좀 봐. 지금 유진이 와 있는데! 얼른 차완무시부터 내줘."

"유진이가 와 있어요? 저 여기 있다는 거 비밀인 거 아시죠?"

호검은 여러 사람이 알면 별로 좋을 게 없기에 유진에게도 자신이 기복의 식당에 있는 것을 숨기고 있었다.

"그럼! 종배야, 얼른! 호검아, 이따가 우리 일 끝나면 파티 하자! 알겠지?"

"네, 사장님."

호검은 기복네 가족들이 이렇게 좋아하는 모습을 보니 자신도 기분이 날아갈 듯했다. 어차피 호검은 조만간 여길 또 떠나야만 한다. 그는 떠나기 전에 그동안 요리를 전수받은 보답을 한 것 같아 마음이 한결 가벼웠다.

*　　　*　　　*

얼마 후, 2008년 새해가 밝았다.

호검은 정국과 함께 떡국을 먹으며 대화를 나누고 있었다.

"이야, 요리사 친구랑 같이 사니까 진짜 좋다. 떡국 국물 맛이 끝내줘요!"

정국은 호검이 양지머리 육수를 내어 끓인 떡국의 국물 맛부터 보며 텔레비전 광고의 유행어를 따라 했다.

"하하. 그래? 나도 네가 있어서 안 심심하고 좋다! 맛있는 것도 같이 나눠 먹어야 더 맛있는 법이지."

호검도 정국이 있어서 외롭지 않고 든든하고 좋았다. 그는 정국을 자기 집에 들어와서 살라고 하길 잘했다고 생각했다.

"그럼그럼! 아, 너 〈복스시〉에서 일본 요리는 많이 배웠어?"

"어, 많이 배웠지."

"잘 가르쳐 주디?"

"응, 사장님, 사모님 두 분 다 너무 좋은 분들이야. 아, 종배도 애가 성격이 좀 급해서 그렇지 착해."

"오, 그렇구나. 다행이네. 〈복스시〉 이전은 언제 하는데?"

"2월 중순쯤 할 것 같아."

유 회장은 신 사장의 연락이 있은 얼마 후에 정말 다시 〈복

스시)를 찾아왔고, 이번엔 기복의 스시를 먹을 수 있었다. 기복의 실력 역시 좋았기 때문에 유 회장은 마음에 들어 했고, 결국 그의 건물 1층으로 들어갈 수 있게 확정이 났다.

그래서 지금 기복네 가족들은 거의 축제 분위기였다. 요즘 〈복스시〉에서는 맨날 웃음꽃이 피어났고, 종배도 지금보다 큰 가게로 가면 자신도 기복을 도와 스시를 만들어야 할지도 모른다고 아주 열심히 요리를 연습하고 있었다.

이런 변화를 가져온 주인공인 호검은 기복네 식구들에게 복덩이로 인식되어 다들 호검에게 더 잘해주었다. 호검 또한 그 덕분에 모르는 것이나 요리에 대해 궁금한 점을 더 편하게 질문하고 배울 수 있어서 좋았다.

"오, 잘됐다! 착한 사람들이 잘되어야지."

"맞아. 이전해서 〈복스시〉 대박 나면 좋겠다."

둘은 잠시 이야기를 멈추고 떡국을 흡입했다. 정신없이 떡국을 먹던 정국이 갑자기 또 질문을 했다.

"참, 너 오늘 수정이 안 만나?"

"이따 저녁에 잠깐 얼굴 보기로 했어."

"너네 둘은 사귀는 거냐, 뭐냐?"

"음, 그냥 썸?"

"그래? 뭐, 둘이 집 앞에서 껴안는 거 봤지만, 썸이라니까 썸인 줄로 알고 있을게. 하핫."

"봐, 봤냐?"

"눈이 있어서 보였지, 뭐."

"실은 나중에 나 세계요리월드컵에서 1등 하고 나면 정식으로 만나기로 했어."

"그거 2010년에 있잖아? 그럼 2년도 더 남았네? 근데 그걸 수정이가 기다려 주겠대?"

"응. 수정이는 천사야."

"헐. 오글거리지만, 반박할 수가 없군. 천사 맞다……. 이렇게 간간이 만나면서 기다려 준다고 하다니……. 대단하다, 차수정."

정국은 수정의 인내심과 이해심에 혀를 내둘렀고, 호검은 착한 수정을 생각하며 미소 지었다.

*   *   *

다음 날 아침, 호검은 어김없이 〈복스시〉로 향했다. 호검은 식당 문을 열고 들어가면서 외쳤다.

"새해 복 많이 받으세요!"

"어, 호검이 왔구나! 너도 복 많이 받으렴."

"호검! 해피 뉴 이어!"

기복과 종배는 반갑게 웃으며 호검에게 인사를 건넸다. 그리고 여느 때처럼 오픈 준비를 하고 11시 반이 되자 식당은 영업이 시작되었다.

손님들이 하나둘씩 오기 시작했고, 다들 새해니 서로 새해 덕담을 주고받았다.

그런데 2시쯤, 뜻밖의 손님들이 찾아왔다. 그는 바로 유 회장과 그의 비서였다.

"아니, 유 회장님! 안녕하세요. 새해 복 많이 받으세요."

"으음, 자네도 새해 복 많이 받게나⋯⋯."

"그런데, 웬일로 연락도 없이 오셨어요?"

기복이 밝게 웃으며 물었다.

"그게 말이지, 새해부터 내가 이런 말 하기가 좀 미안하군. 그래서 이렇게 직접 말을 꺼내러 왔네."

"무슨 말씀인데 그렇게 뜸을 들이세요? 아, 일단 여기 좀 앉으세요. 종배야, 여기 녹차 좀 가져와라."

일단 기복은 스시 카운터의 정면 자리를 권했다. 유 회장은 어두운 표정으로 스시 카운터에 앉더니 종배가 가져다 준 따뜻한 녹차를 홀짝거리며 마셨다.

"괜찮으니까 편하게 말씀해 보세요."

마침 손님이 거의 없었기에 대화를 나누긴 좋은 시간이었다. 유 회장은 잠시 뜸을 들이다가 마침내 입을 열었다.

"아, 이거 정말 미안해서⋯⋯. 실은 말이야, 나한테 딸이 하나 있어. 근데 걔가 어제 새해 인사를 와서 떡국을 먹으면서 할 얘기가 있다고 하더라고."

기복은 왜 딸이랑 떡국을 먹으면서 한 이야기를 자기한테 하는 건지 의아한 표정으로 유 회장을 쳐다보았다.

"글쎄, 대뜸, 〈복스시〉가 이전하기로 한 그 건물 1층 자리를 다른 사람한테 주기로 약속을 했다는 거야."

"네?"

기복과 그 바로 옆에 서 있던 종배의 얼굴에서 웃음기가 싹 사라졌다.

"왜 하필 그 자리를…… 다른 자리로 주시면 안 된대요? 그 옆자리나……."

종배가 답답한지 얼른 끼어들어 물었다.

"그 자리가 진짜 명당이거든. 유동 인구도 많고, 멀리서도 간판이 아주 잘 보이는 자리야. 딸애도 그걸 알고 있으니 거 길 꼭 줘야 한다는 거야."

"그럼 저희가 그냥 옆자리로 갈까요?"

기복은 살짝 양보를 할 용의를 보였다. 어차피 무상 임대고 하니 조금 좋지 않은 자리여도 그 건물에 들어가는 편이 훨씬 좋았기 때문이다. 하지만 유 회장이 단호히 대답했다.

"그것도 불가능해."

"아니, 왜… 요?"

"왜냐면 그쪽도 일식당이거든."

"헉. 아, 이런……."

기복의 표정이 일그러졌다. 옆에 있던 종배도 미간을 찌푸리며 인상을 썼다. 유 회장은 답답한지 녹차를 한 번 더 들이키더니 한숨을 내쉬었다.

"하아. 물론 난 딸애 이야기를 듣고 안 된다고, 이미 거기 자리에 들어올 식당이 있다고 했어. 근데 그 녀석이 고집이 엄청 세거든. 막무가내로 우겨서 지금 아주 머리가 아파. 이미 약속을 했는데 어떡하냐, 자기는 약속 번복을 못 하니까 나보고 해라, 아주 난리였지."

"아……. 그럼 저희는 못 들어가는 건가요?"

기복이 사색이 되어 물었다. 그러자 유 회장은 고개를 저으며 말했다.

"안 되지! 그건 또 내가 용납을 못 하지. 그래서 말이야, 내가 걔한테 제안을 했어."

"무슨 제안이요?"

"원래 그냥 들어가게 해준다고 약속을 해놓고 이래서 미안하긴 한데, 해결 방법이 이것밖에 없어서 말이야. 딸애가 그 요리사 실력이 엄청 좋다고 자네보다 좋을 거라고 박박 우기더라고. 그래서 내가 그랬지. 그럼 요리 대결을 해서 결정하자고 말이야."

"아… 그래서 따님이 그렇게 하자셔요?"

"응. 자신 있대. 텔레비전에도 나온 유명한 요리사라나 뭐라나, 그러던데."

"텔레비전에도 나왔다고요? 누군데요?"

"이름이 뭐였더라……. 음, 그건 이따가 내가 딸애한테 물어보고 연락해 줄게."

호검은 주방에서 홀로 나가는 문에 딱 붙어 서서 유 회장의 이야기를 엿듣고 있었다.

'설마, 김민기는 아니겠지?'

호검은 기복네 가족이 기대에 부풀어 있었는데 일이 이렇게 꼬여 버려서 안타까웠다.

안타까운 건 기복이나 종배도 마찬가지였다.

"아무튼, 요리 대결 할 수 있겠어?"

"해야죠, 당연히."

기복이 단호히 대답했다. 종배도 옆에서 힘차게 고개를 끄덕였다.

"허허허. 그래, 고마워. 사실 나도 자신 있어서 하자고 한 거거든. 난 자네를 믿으니까. 자네 실력이면 무조건 이길 거야. 그렇지?"

유 회장은 기복의 패기가 마음에 드는 듯 웃으며 말했다.

"회장님을 실망시키지 않겠습니다! 최선을 다할게요."

"그래, 좋아. 그럼 조만간 대결 날짜랑 방식에 대해 또 연락해 줄게."

"네, 근데 참, 뭐 드릴까요?"

"아, 오늘은 나 일이 있어서 가봐야 해. 어제 딸애가 그 난리를 치고 가서 급한 마음에 잠깐 들러서 말해주는 거야."

"네, 감사합니다. 그럼 연락 기다리겠습니다. 안녕히 가세요."

유 회장은 남은 따듯한 녹차를 한 번에 들이켜고는 손을 흔들며 비서와 함께 식당을 나갔다.

"하아……."

"아아……."

종배와 기복은 낮게 탄식했다. 호검도 스윽 홀로 나와 둘의 눈치를 살폈다.

"아니, 이게 말이 되냐고요! 다 된 밥에 재를 빠뜨려도 유분수지. 쳇."

"휴우. 어쩌겠냐. 아냐, 대결해서 이기면 되는 거야. 안 그래?"

기복이 한숨을 쉬다가 다시 마음을 다잡고 말했다.

"그렇긴 한데, 상대가 텔레비전에도 나왔던 요리사라잖아요. 그럼 꽤 잘하지 않을까요?"

종배의 걱정에 호검이 끼어들어 대신 답했다.

"텔레비전에 나온다고 다 잘하진 않아. 사장님 솜씨도 정말 좋으시니까 이기실 거야."

호검은 둘을 위로했다. 기복과 종배는 브레이크 타임에도 계속 기분이 영 언짢아 보였다. 호검은 둘을 위해서 달달한 밤양갱을 만들었다.

"사장님, 양갱 좀 드셔보세요. 달달한 거 먹으면 기분이 좀 나아진대요. 종배야, 너도 좀 먹어봐."

"고맙다."

"고마워, 호검아."

둘은 호검의 마음 씀씀이가 정말 고마웠다.

"맛있네. 역시 호검이 솜씨는 알아줘야 해."

"달달하니 좋다. 진짜 기분이 좀 나아지는 것 같아."

종배와 기복은 표정을 풀고 살짝 미소를 지어 보였다.

그런데 그때, 기복의 휴대폰이 부르르 떨며 문자가 왔다.

기복은 양갱을 우물우물 씹으며 휴대폰을 꺼냈다.

"웬 문자래. 김미영 팀장인가?"

기복은 문자 올 데가 별로 없었기에 고개를 갸웃거리며 중얼거렸다. 그런데 기복이 문자를 확인하더니 눈이 커졌다.

"유 회장님한테 온 문자야."

"뭐, 뭐래요?"

종배가 옆에서 얼른 고개를 빼고 기복에게 온 문자를 엿보았다.

"대결은 3판 2선승제로 한다. 3판 2선승제? 그냥 단판으로 하지……. 근데 아버지, 그럼 요리를 3개 만들어서 각각 평가를 한단 말인가요?"

"아니, 여기 밑에 봐. 메인 요리사와 보조 요리사 두 명 해서 세 명이 대결에 참가하는 거래."

"그럼, 저도 해야 해요? 그리고 호검이도?"

종배가 호검이를 쳐다보며 말했다. 호검은 생각지도 못했기에 조금 당황한 표정을 지었다.

"그렇네……. 그중에서 2명이 이기는 팀이 그 명당자리를 차지하는 거야."

"뭐, 그럼 걱정 없네요. 내가 져도 아버지랑 호검인 이길 테니까. 안 그래요?"

"근데……."

기복은 근심 어린 표정으로 호검을 쳐다보았다.

*　　　*　　　*

"호검아, 너 이 대결에 참가해 줄 수 있겠니? 대결을 하게 되면 얼굴이 드러날 수밖에 없을 텐데……."

"아……."

그건 기복의 말이 맞았다. 호검은 잠시 고민했다.

"부담되면 안 해도 돼. 네가 안 되면 우리 아내보고 참가하라고 해야지."

"아이, 엄마는 이쪽 전공이 아니시잖아요. 호검아, 미안한데 부탁 좀 하자. 응? 네가 해야 우리가 이길 수 있어. 알잖아, 난 질 확률이 높은 거."

종배는 애원하다시피 호검에게 말했다.

호검은 종배의 부탁을 차마 거절할 수가 없었다.

"알았어. 할게요, 사장님. 그 자리 꼭 들어가셔야죠. 저도 최선을 다해볼게요."

"우왁! 고마워, 고마워!"

"그래, 호검아, 고맙다!"

기복도 내심 호검이 해주길 바랐는지 굉장히 좋아했다.

"그런데, 어떤 요리들을 겨루게 되는 거예요?"

"스시, 사시미와 구이, 탕과 튀김 이렇게 3가지래."

"아, 그럼 아버지가 스시 맡으시고, 사시미와 구이를 호검이가 맡고, 제가 탕이랑 튀김 맡으면 되겠네요."

"그게 가장 낫겠지?"

호검도 옆에서 동의한다는 듯 고개를 끄덕였다.

그때 마침, 유 회장으로부터 전화가 왔다.

─이 사장, 문자 받았지?

"네, 받았습니다."

—그 대결 요리는 우리 딸애랑 상의해서 정한 건데, 괜찮지? 그거 내가 먹어본 코스 요리에 다 있던 것들이잖아.

"네, 좋습니다. 이렇게 준비할게요."

그때 종배가 옆에서 손짓 발짓으로 평가는 누가 하는지 물어보라고 기복에게 사인을 줬다.

"참, 그런데 그럼 심사는 누가 하나요?"

—음, 일단 나랑 우리 딸, 그리고 우리 와이프, 내 친구 2명. 이렇게 총 다섯 명이 심사를 볼 거야. 그러니까 각각 5인분으로 준비해 주면 돼.

"아, 근데 다른 요리들이야 맛만 적당히 보실 수 있지만, 스시는 덜고 드실 수 있는 게 아니라서 한 번에 2인분을 드시게 되면 너무 배가 부르실 건데……. 게다가 다음 두 가지 요리 대결에서 나오는 요리까지 어떻게 다 드시죠?"

기복이 심사하는 분들이 배가 불러서 심사를 제대로 못 할까 봐 걱정이 되어 물었다.

—그래서 말이야, 이틀에 걸쳐서 하려고. 첫날은 스시 대결만 하고, 다음 날 나머지 두 가지 대결을 하는 걸로. 근데 그럼 너무 시간을 많이 뺏나?

"아휴, 아닙니다. 공정한 심사가 되려면 그래야지요. 잘 알겠습니다. 아, 그리고 상대편 일식당 요리사들은 누군지 알 수 있을까요? 그 텔레비전에도 나왔다던……."

─아, 맞다! 김민기래. 요전에 그 〈셰프의 비법〉 특집에 나왔었다는데? 혹시 알아?

"아, 압니다. 그분이시구나."

기복은 곧 전화를 끊었고, 전화를 끊자마자 종배가 물었다.

"누구래요? 아버지도 아는 사람이에요?"

"응. 호검이도 알걸? 너랑 같이 〈셰프의 비법〉에 나왔던 일식 요리사 말이야."

"김, 김민기 셰프요?"

호검이 놀라서 말을 더듬으며 물었다.

"응, 그 사람이래."

"헉."

설마설마했는데 김민기라니.

"그 사람이랑 녹화 때 별로였어? 그럼 얼굴 보이기가 그런가……."

"아뇨, 그런 게 아니라……. 음……."

호검은 다른 사람들은 그렇다 쳐도 일식 요리사로서 김민기를 마주하는 건 조금 껄끄러울 수도 있을 것 같긴 했다. 호검은 갑자기 머리가 복잡해졌다.

"정 곤란하면 이건 어때?"

"뭐, 무슨 방법 있어?"

기복이 골똘히 생각 중인 호검을 대신해 물었다.

"네, 아버지. 내가 어디서 들었는데, 외국에는 가면 같은 거 쓰고 요리하는 유명한 요리사가 있다더라구요? 그래서 사람들이 그 사람 정체를 모른대요."

"오호?"

"너도 가면 같은 거 쓰면……."

"그래, 그거 괜찮을 수 있겠다. 어차피 이번 한 번만 대결하는 거고, 내가 메인 요리사니까 보조 요리사가 누구든 그건 별로 상관없을 거야. 그럼 김민기뿐만 아니라 다른 사람들도 못 알아볼 거고, 그럼 더 편하지."

기복이 종배의 의견에 맞장구를 쳤다. 호검도 그런 요리사 이야기를 들어본 적이 있는 것 같았다.

"뭐, 그 방법이 괜찮을 수도 있겠네요. 그건 차차 생각해 볼게요."

"야, 근데 말이야,"

"응. 왜?"

"너 얼굴 보이면 안 되는 이유가 뭐야? 귀찮아질까 봐?"

종배가 갑자기 고개를 갸웃거리며 물었다.

"아, 내가 천 셰프님이랑 사이가 안 좋다는 소문이 돌까 봐 그래. 아니면 한 우물이나 파지 뭐 금방 다른 요리 하냐 이런 소리들을 수도 있고……. 일반 사람들보다 김민기 셰프가 알면 소문이 더 잘 날 테고."

"천 셰프님과의 소문은 네가 방송에서 잘 말하면 될 거고…… 일본 요리도 잘한다고 하면 오히려 더 인기가 좋아지지 않을까?"

"그, 그런가? 근데, 내가 여기서 일한다는 게 알려지면 가게에 피해가 올 수도 있어. 그것도 좀 걱정이라서……"

호검은 〈아린〉에 자신을 보겠다며 몰려든 사람들이 생각나서 이렇게 말했다. 하지만 종배는 오히려 손을 내저으며 말했다.

"피해는 무슨 피해! 네가 여기서 일한다는 게 알려지면 오히려 손님이 더 많이 와서 좋지."

종배는 모든 일을 별로 복잡하게 생각하지 않는 듯했다. 그런 종배의 말을 듣고 보니, 호검도 너무 깊이 생각할 필요는 없을 것 같기도 했다.

'그래, 종배도 상관 없대고, 여기 오는 사람들도 많아봤자 10명 남짓일 거니가. 김민기가 알아도 뭐, 괜찮을 거야.'

호검은 고개를 끄덕이며 웃었다.

"그래, 내가 괜히 사서 걱정하는 것 같다. 하하. 그냥 하지, 뭐."

"오케이! 아버지, 대결은 언제래요?"

"2주 후래."

"그럼 우리 뭘 만들지 상의해요! 당장! 우리 뭐 만들까요?"

종배는 얼른 종이를 가져와서 적을 준비를 했다.

＊　　　＊　　　＊

대회나 시험이 기다리고 있을 때 시간은 빨리 감기를 한 듯 순식간에 흘러간다. 그래서 그런지 이번 대결도 금방 다가왔다. 2주간 기복, 종배, 호검 세 사람은 함께 어떤 요리를 만들지 준비하고 각자의 요리를 연습했다.

"으, 아버지. 왜 내가 다 떨리죠? 오늘은 아버지가 하는 대결인데."

오전 8시, 종배가 대결 장소로 가는 기복의 차 안에서 안절부절못하며 말했다.

"네가 그러니까 나도 떨리는 것 같잖아. 좀 조용히 있어봐."

기복의 말에 종배가 얼른 입을 꾹 다물었다. 호검은 종배의 옆에 뿔테 안경과 모자를 쓰고 조용히 앉아 있었다. 오늘은 기복만 대결을 펼치게 될 테니 벌써부터 호검의 얼굴을 드러낼 필요는 없으니까 말이다.

대결 장소는 〈복스시〉에서 자동차로 10분 정도 거리에 있었다. 그곳은 바로 이번 대결의 승자가 차지하게 될 유 회장의 건물 1층 가게였다.

대결은 9시에 시작이었지만 기복과 훨씬 일찍 대결 장소에 도착했다. 셋이 안으로 들어가자 유 회장이 달려 나와 그들을 반갑게 맞았다.

"일찍 왔군! 잘했어. 여기 주방도 좀 먼저 둘러보고 그럼 좋지. 이리 따라와."

유 회장은 그들에게 주방부터 보여주었다. 어차피 어느 쪽이 이겨도 일식당을 하게 될 테니 이미 일식당 주방 세팅을 해놓은 상태였다.

"주방 세팅 어때?"

"깔끔하네요!"

"어? 주방 내부에 수족관을 해놓으셨어요?"

종배가 한쪽에 마련된 직사각형 모양의 커다란 수조를 가리키며 물었다.

"응. 활어회도 하면 좋잖아. 저기 바닷가에 내가 잘 아는 사람 있어. 새벽마다 싱싱한 생선 보내달라면 보내줄 거야. 이미 내가 말도 다 해놨지."

유 회장은 당연히 기복이 이길 거라고 생각하는 듯했다.

"와, 준비성이 철저하시네요. 주방 세팅에, 생선 공수 예약까지. 하하하."

"그럼 그럼. 아, 사실 말이야, 저쪽에서 자기네 식당에서 하자는 걸 내가 안 된다고 여기 세팅을 부랴부랴 쫙 한 거야.

아무래도 그쪽 홈그라운드에서 대결을 하면 우리가 불리할 수 있으니까 말이야."

"오, 잘하셨어요. 아, 그럼 오늘 대결은 스시 대결 맞죠?"

"응. 기복이 자네가 먼저 본때를 보여주라고! 허허허."

"네! 저희 준비해 온 재료들 이리로 옮길게요."

"그래그래."

기복은 칼 등의 주방 도구들과 스시에 사용할 생선들, 쌀, 각종 재료들을 차에서 가져와 주방에 세팅했다.

기복네가 세팅을 마치고 나자, 김민기네 요리사들이 유 회장의 딸과 함께 도착했다.

"아빠, 나 왔어."

유 회장의 딸은 30대 후반 정도 나이로 보였는데, 진한 화장에 모피 코트를 걸치고 팔에는 명품 가방을 들고 있었다.

"우리 지혜 왔구나!"

유 회장은 딸인 지혜를 보자 활짝 웃으며 말했다. 그는 딸을 예뻐하는 듯했다.

'지혜라고? 그다지 외모와는 어울리지 않는 거 같은데?'

종배는 속으로 이런 생각을 했다.

유지혜는 기복을 턱으로 가리키며 유 회장에게 물었다.

"이 사람들이야? 아빠가 말한 요리사가?"

"응, 실력들이 아주 좋아. 자, 여긴 우리 딸 유지혜. 이쪽은 이기복 셰프."

일단 기복은 그녀에게 정중하게 인사를 했고, 종배와 호검도 꾸벅 고개를 숙였다.

"안녕하세요."

"네."

유지혜는 기복을 제대로 쳐다보지도 않고 고개만 까딱하며 인사를 받았다. 그러고는 곧바로 눈웃음을 치며 자신이 데려온 김민기를 유 회장에게 소개하기 시작했다.

"근데, 실력은 우리 요리사들이 더 좋을걸요? 우리 김민기 셰프님은 텔레비전에도 여러 번 나오셨거든요. 아시죠? 텔레비전에 나오려면 얼마나 실력이 좋아야 하는지 말이에요."

그녀는 텔레비전 프로그램에서 소개하는 걸 곧이곧대로 믿는 순진한 사람 같았다. 기복과 종배는 씁쓸한 표정을 지었고, 호검도 역시 인상을 찌푸렸지만 모자와 굵은 뿔테 안경을 쓰고 있어서 그 표정이 잘 보이진 않았다.

"안녕하세요. 김민기 셰프입니다."

김민기는 기복과 종배, 호검 쪽은 힐끗 쳐다만 보고 유 회장에게만 인사를 했다.

"아, 반가워요. 텔레비전에서 본 기억이 나네요."

"아하하. 얼마 전엔 저희 식당이 텔레비전에 소개되기도 했지요. 아, 여기 같이 온 두 사람은 제 제자들입니다. 우리

제자들도 저희 식당 소개될 때 나왔었어요. 음, 저희 식당
은……."

김민기는 스스로 어필을 잘했다. 그가 뭔가 더 소개를 하려
는데 지혜가 그를 잡아끌었다.

"아, 우리 셰프님들도 요리 준비하셔야 해요. 이만 주방으로
가시죠."

지혜가 보기에 김민기가 너무 스스로를 자랑하는 게 셰프
로서 무게감이 없어 보였던 것이다.

"아, 네. 그럼 저흰 이만 준비를 하러……."

김민기는 유지혜에게 이끌려 주방으로 향했고, 그의 제자
두 명이 그를 따라갔다.

종배는 그들의 뒷모습을 못마땅하게 쳐다보더니 호검에게
속닥였다.

"쳇. 여기는 텔레비전에 엄청 많이 나온 유명한 셰프가 있
는데 말이야. 안 그래?"

호검은 종배의 말에 피식 웃었고, 곧 오른손 검지를 입에
가져다 대며 비밀이라는 제스처를 했다.

잠시 후, 심사를 할 유 회장의 부인과 친구 2명이 도착했다.
그리고 김민기 셰프네도 준비가 다 되었다고 했다.

그러자 유 회장이 이번 대결에 대해 간단히 설명하기 위해

사람들을 홀에 모았다.

유 회장 부인과 딸 유지혜, 그리고 유 회장의 친구 2명은 테이블에 앉아 있었고, 유 회장의 양옆으로 김민기 팀 세 명의 셰프와 기복 팀 세 명의 셰프가 일렬로 서 있었다.

"자, 첫 번째 대결은 스시 대결입니다. 평가 기준은 오로지 맛입니다. 뭐, 맛으로 우열을 가리기 힘들면 모양을 참고하셔도 되고요. 스시가 나올 때까지 여기 테이블에서 기다리셔도 되고, 주방에 가서 만드는 모습을 구경하셔도 됩니다. 그건 심사위원 마음이에요. 그럼, 첫 번째 대결을 펼쳐주실 셰프님들, 앞으로 나와주세요."

유 회장의 말에 이기복 팀에서는 당연히 첫 번째 주자인 이기복이 앞으로 한 발짝 나왔다. 기복 팀에서는 당연히 김민기 팀에서도 김민기가 스시를 맡을 줄 알았다. 그런데 한 발짝 앞으로 나온 사람은 김민기가 아닌 제자 중 한 명이었다.

'엇, 첫 번째 주자가 김민기가 아니야?'

기복 팀은 당황해서 서로를 쳐다보았다.

*   *   *

유 회장도 의아한지 김민기에게 물었다.

"아, 이쪽은 스시를 제자가 만드는 건가요?"

"네, 각 식당마다 중점을 두는 요리가 다르니까요, 뭐."

김민기는 음흉한 미소를 지으며 말했다.

'뭐야, 일부러 저렇게 계획을 짠 거 아냐?'

종배는 그의 미소에 의심이 팍 들었다.

'혹시라도 자기가 메인 셰프끼리의 대결에서 지게 되면 난감하니까 일부러 안전빵으로 이길 확률이 높은 보조 요리사들과 대결을 하려는 거야, 분명히.'

기복과 호검의 생각도 종배의 것과 비슷했다. 김민기는 일부러 메인 셰프 대결을 피한 느낌이었다.

뭐 이렇게 되면 기복도 쉽게 1승을 할 수 있을 것이다. 하지만 문제는 호검과 종배였다.

종배는 말할 것도 없고 호검도 물론 실력이 출중하긴 하지만 베테랑인 김민기와 붙는다면 이기기 어려울지도 몰랐다.

"각 요리를 누가 하느냐는 자유니까 상관없습니다. 자자, 그럼 스시 대결을 곧바로 시작하죠!"

유 회장이 스시 대결 시작을 알리자마자, 민기의 제자인 임수용과 기복이 주방으로 들어갔다.

먼저 둘은 각자 밥을 안치고 곧이어 스시에 사용한 생선들을 손질하기 시작했다. 그리고 부수적인 재료들도 준비하고 소스도 만들었다.

약 30~40분 뒤, 기복이 샤리(밥)를 다 만들더니 샤리(밥)가

담긴 한기리(초밥 식히는 그릇)를 들고 스시 카운터로 나왔다.

그러더니 심사위원들을 향해 외쳤다.

"심사위원분들은 모두 이쪽 스시 카운터로 와주세요. 스시를 바로 바로 만들어서 드릴게요."

기복의 말을 들은 종배와 호검은 일사불란하게 움직여 스시를 만드는 데 필요한 도마라든지, 강판, 칼 등을 스시 카운터에 옮겨주었다.

"아, 그럼 저희도 그렇게 하겠습니다."

김민기가 얼른 기복을 따라 손을 들며 말하고는 바로 주방으로 들어가서 수용에게 전했다. 그러자 곧 수용도 샤리(밥)를 만들어서 스시 카운터로 나왔고, 조리 도구와 다른 식재료들도 옮겨 왔다.

기복의 제안에 따라 스시 카운터에 유 회장 외 네 명의 심사위원이 일렬로 쭉 앉았다. 기복은 스시로 만들 포를 뜬 생선들을 가지고 왔다.

기복은 가와하기(쥐치) 스시로 시작했다. 원래 가와하기는 〈복스시〉의 스시 코스에서 사시미로 냈었는데, 일전에 유 회장이 〈복스시〉에 첫 방문을 할 때 스시로 만들어보고 난 후 반응이 좋아서 이번에도 스시로 준비를 했다.

스윽. 스윽.

기복은 가와하기를 얇고 널찍하게 회를 떴고 넓게 떠진 회로 타원형의 밥알을 거의 감싸다시피 해서 스시를 만들었다. 기복의 스시를 만드는 손놀림이 엄청 빠르고 능숙해서 마치 빈손에서 스시가 나타나는 것처럼 보였다.

그는 밥을 쥐는 데 2초, 고추냉이를 바르는 데 0.1초, 생선 살을 밥 위에 얹는 데 1초, 모양을 만드는 데 2초 정도로, 스시 하나를 만드는 데 단 5초 정도밖에 걸리지 않았다.

"아하하. 손놀림 봐봐. 대단하지?"

유 회장은 기복이 스시를 만드는 모습을 보더니 다른 심사위원들을 쳐다보며 만족스럽게 말했다.

"호호호. 신기하네요, 정말."

유 회장의 부인이 눈을 동그랗게 뜨고 기복의 손을 뚫어져라 쳐다보면서 말했다. 그러자 유 회장의 딸인 유지혜가 방어에 들어갔다.

"치이. 아빠, 맛이 제일 중요해. 엄마, 우리가 이번에 선택할 셰프는 음식을 맛있게 만드는 셰프야. 저런 현란한 손놀림이 중요한 게 아니라! 아셨죠?"

유지혜는 자신의 엄마에게 말하다가 갑자기 그 옆의 다른 두 명의 심사위원들에게 당부했다. 유 회장 가족 외에 참석한 심사위원 두 명은 유 회장의 절친 부부였다.

"알았어, 지혜야."

"아휴, 알았어. 알았어. 맛으로만 평가할게."

유 회장의 절친 부부와 유 회장의 부인은 모두 알겠다며 지혜를 안심시켰다.

"가와하기 스시 나왔습니다."

기복이 수용보다 먼저 첫 번째 스시를 냈다. 그런데 나온 스시를 보고 심사위원들은 약간 놀라워했다.

"으잉?"

"이렇게 나오는 스시는 처음 봤네. 허허."

가와하기 스시는 작은 소주잔에 담겨 나왔는데, 우윳빛의 소스에 반 정도 잠겨 있었다.

"이 안에 소스는 뭔가요?"

유 회장의 친구 부부가 물었다.

"가와하기 키모, 즉 쥐치의 간으로 만든 소스입니다. 고소하고 짜지 않아서 이렇게 많이 드셔도 됩니다. 소주를 마시듯 스시와 함께 입에 털어 넣으시면 돼요."

가와하기 스시는 이 키모 소스를 듬뿍 찍어 먹어야 좋은데 밥알 때문에 듬뿍 찍어 먹기가 불편하다는 점이 문제였다. 그래서 기복은 이 점을 해결하기 위해 일부러 밥알 전체를 생선 살로 다 감싸듯 만들고 이렇게 소주잔에 넣는 방법을 사용한 것이었다.

"오, 재밌네요. 호호."

지혜도 신기해하는 눈치였지만, 그녀는 아무 말도 하지 않왔다.

"요거 진짜 맛있어. 얼른 다들 먹어봐."

유 회장은 가장 먼저 소주잔에 담긴 가와하기 스시를 입에 털어 넣었다. 그러자 옆에 줄지어 앉아 있던 심사위원들은 마치 소주잔 파도를 타듯 연달아 소주잔을 꺾어 스시를 입에 넣었다.

"으음!"

"캬아. 이거 이렇게 먹으니까 더 맛있는 거 같군. 하하하."

술을 좋아하는 유 회장의 친구가 술잔을 비운 다음 내는 감탄사를 내뱉으며 재미있어했다.

"하하하. 이 친구가 원래 주당이라, 소주 엄청 좋아하거든!"

유 회장은 소주잔 아이디어를 잘 생각해 냈다는 듯 기복에게 눈을 찡긋했다. 그러자 기복은 호검에게 눈을 찡긋하며 웃어 보였다. 사실 이건 호검의 아이디어였기 때문이다.

"정말 맛있네요."

유 회장 친구의 부인도 고개를 끄덕이며 만족스러워했다. 호검과 종배는 그 모습을 보고 기복에게 엄지를 척 들어 보였고, 반면 김민기는 인상을 찌푸렸다.

이어 호검이 지혜의 눈치를 스윽 봤는데, 지혜는 차마 말은 하지 않았지만, 가와하기 스시가 더 먹고 싶은 듯 입맛을 다시고 있었다. 그리고 젓가락으로 소주잔 안에 남은 키모 소스를 긁어 계속 입으로 가져갔다.

호검은 그런 그녀의 모습을 보고 뿌듯한 미소를 지었다.

'맛있나 보네. 흐흐.'

그때, 임수용의 첫 스시가 완성되었다.

"전복 스시 나왔습니다."

전복 반 개를 뭉친 밥 위에 얹고 가느다란 김으로 묶어서
낸 전복 스시는 일단 귀한 전복으로 만든 것이라는 점에서 점
수를 얻은 듯했다.

"오, 이 귀한 전복을 반 마리나!"

"오호호. 오늘 입이 호강하네요. 이런 자리가 자주 있었으
면 좋겠어요, 여보."

유 회장의 부인이 유 회장을 쳐다보고 말하자, 지혜가 얼른
끼어들었다.

"엄마, 우리 김민기 셰프님이 이기면 여기 맨날 먹으러 오
자."

"여보, 우리 이기복 셰프가 이겨도 맛있는 스시 마음껏 먹
을 수 있어."

유 회장의 말에 지혜가 입을 삐죽거렸다. 그 사이 전복 스
시를 맛본 다른 심사위원들은 고개를 끄덕이며 맛있다는 표
정을 지었다. 그리고 김민기는 그런 심사위원들의 모습을 보
고는 거만한 웃음을 지었다.

'그럼 그렇지. 저게 얼마짜리 전복인데. 하핫.'

임수용은 전복에 이어 참치 대뱃살인 오도로 스시, 타코(문어) 스시, 장어 스시, 한우 스시 등 주로 비싼 재료들로 스시를 만들어 냈다.

"역시 우리 한우! 소스도 맛있네요."

살짝 구운 한우에 불고기 양념 같은 간장소스가 발린 한우 스시는 심사위원 중 여자들이 특히 좋아했다.

"야, 일부러 비싼 재료만 잔뜩 준비해 왔다, 그치?"

종배가 씁쓸하게 호검에게 속삭이자, 호검도 고개를 끄덕였다.

"그러게. 하지만 비싸다고 무조건 다 맛있는 건 아니잖아. 지금까지 표정들로 봐서는 우리가 더 유리한 거 같아."

"그런가? 그럼 다행인데……."

반면 기복은 참치 중뱃살인 쥬도로 스시, 단새우 스시, 꼬막 군함말이, 도미 스시, 사와라(삼치) 스시 등을 준비했는데 대부분은 지금 제철인 생선들이었다. 제철인 생선은 생선 자체 맛이 가장 좋을 때라 스시를 만들면 최고의 맛을 느낄 수 있기 때문이다.

특히 심사위원들은 사와라 스시를 극찬했다.

"이거 이 위에 노란 건 뭔가요?"

"아, 이건 오보로라고 계란과 식초를 섞어서 볶은 겁니다.

오랫동안 볶으면 이렇게 노란 빵가루처럼 된답니다."

심사위원들은 고개를 끄덕이며 사와라 스시를 맛보았다.

"우왓! 맛있어……."

"와, 너무 맛있네요. 이 생선이 뭐라고요?"

"사와라, 그러니까, 삼치입니다."

"이거 너무 맛있으니까, 여기 삼치 좀 더 사 와라! 그래서 사 와라인가요? 으하하하."

유 회장의 주당이라는 친구는 시답지 않은 농담을 하고는 자기 혼자 신나게 웃었다. 기복은 맛있어서 하는 말이니 재미는 없지만 함께 웃어주었다. 유 회장 친구의 부인은 자기 남편의 재미없는 농담에 그를 쿡 찌르고는 기복에게 물었다.

"훈제한 건가요? 훈제 향이 나는데."

"네, 훈연한 겁니다."

"그래서 이렇게 맛있나 봐요."

"훈연한 것도 맛을 살려줬겠지만, 아마도 제철이어서 생선 자체의 맛이 좋은 걸 겁니다. 오늘 제가 준비한 대부분의 스시는 제철 생선들을 사용한 것이거든요."

"맞아요, 제철 생선이란 게 있는 이유가 그때가 가장 맛있기 때문이죠. 그래서 이렇게 입에서 살살 녹는 거군요!"

유지혜는 스시를 하나씩 맛볼 때마다 점점 불안해졌다. 지혜가 먹어봐도 너무 맛있었기 때문이다. 물론 임수용의 스시도 맛이 있었지만, 기복의 스시는 하나하나가 맛이 다 다른데, 다 맛있었다.

임수용의 스시는 비슷비슷한 맛인 것도 있었고, 문어 스시는 조금 질긴 편이었다.

'아, 우리 김 셰프님이 스시를 맡으셨으면 괜찮았을 텐데. 역시 제자라 좀 부족한가……'

얼마 후, 모든 스시 시식이 끝났고, 심사위원들은 배를 두드리며 행복한 표정으로 말했다.

"잘 먹었습니다."

"하하하. 진짜 포식했네요."

"자, 이제 맛을 잊어버리기 전에 투표합시다!"

유 회장은 심사위원들을 다그치며 말했다.

"자기가 더 맛있었던 쪽에 자신의 앞접시를 놓는 걸로 투표를 하죠."

"에이, 여보, 무기명으로 해요. 그래야 눈치 안 보고 공정하게 하죠!"

유 회장의 부인이 유 회장에게 핀잔을 주며 말했다.

"그래? 그럼 종이 나눠줄 테니까 번호 적읍시다. 김민기 셰프팀이 1번, 이기복 셰프팀이 2번! 숫자만 적어서 내요."

유 회장은 메모지와 펜을 얼른 가져오더니 심사위원들에게 나눠주었다. 심사위원들은 각자 종이를 가리고 숫자를 적은 다음 두 번 접어서 유 회장에게 넘겼다.

"자, 그럼 종이 하나씩 펼치면서 발표할게요."

결과 발표의 시간이 되자 김민기팀원들이나 이기복팀원들 모두 긴장해서 침을 꼴깍 삼키고 숨을 죽였다.

"먼저 1번 한 표!"

첫 번째 투표지를 펼친 유 회장이 외쳤다.

"와아아!"

김민기와 제자들은 서로 하이파이브를 하며 소리를 질렀다.

"다음 2번 한 표!"

"와악!"

이번엔 호검과 종배가 소리를 지르며 서로를 얼싸 안았다.

"그럼 다음 표는… 1번?"

"와아……!"

"잠깐만!"

김민기네 셰프들이 소리를 지르려다가 유 회장의 '잠깐만'이란 소리에 행동을 멈췄다.

"잉? 2번? 1번이랑 2번 둘 다 쓴 사람은 뭡니까? 누구야?"

유 회장이 심사위원들을 둘러보며 물었다. 하지만 아무도 대답을 안 하고 딴청을 부렸다.

"여보, 무기명인데 그렇게 물으면 돼요? 그냥 둘 다 맛있어서 못 고르겠나 보지. 일단 다른 사람들 표 봐요."

"으음. 일단 알았어. 근데 이거 동점 나오면 이 사람도 다시 선택해야 해!"

김민기와 제자들은 좋다가 말았다는 듯 툴툴댔다. 그리고 유 회장의 발표가 이어졌다.

"자, 네 번째 표는 2번!"

"아싸!"

종배가 주먹을 꽉 쥐며 좋아했고, 유지혜는 불안한 듯 입술을 깨물었다.

"지금까지 스코어는 1 대 2로 이기복 셰프가 앞서고 있죠? 마지막 표 발표하겠어요."

유 회장은 마지막 쪽지를 펼쳐보더니 곧바로 쪽지를 휙 뒤집으며 쓰인 숫자를 공개했다.

*   *   *

"2번! 이것으로 결정 났네요. 1 대 3으로 첫 번째 대결은 이기복 셰프팀이 승리했습니다!"

"우오우!"

"예스!"

호검과 종배는 펄쩍펄쩍 뛰며 이기복을 얼싸안았다. 임수용은 시무룩해서는 김민기의 눈치를 슬슬 보았고, 김민기는 화가 나는지 얼굴이 붉게 타올랐다.

유지혜는 입을 삐죽였다.

"칫. 보조 요리사랑 메인 요리사랑 붙어서 메인 요리사가 이긴 게 뭐 그리 대단한 결과인가?"

"그렇지. 당연한 결과지. 하하하. 오늘 아주 맛있었어, 이 셰프."

유 회장은 방긋 웃으며 기복의 어깨를 두드렸다. 유 회장은 딸을 예뻐했지만 일적인 부분에서는 딸에게 무조건 져주진 않는 모양이었다. 그 점이 기복네 팀에게는 굉장히 다행이었다.

유 회장은 이어 심사위원들에게 내일 아침에 다음 심사를 위해 한 번 더 와주기를 부탁했고, 모였던 사람들은 모두 각자 갈 길로 흩어졌다.

호검과 종배, 기복은 싱글벙글거리며 함께 〈복스시〉로 돌아왔다. 종배는 가게에 도착하자마자, 문을 열고 안으로 뛰어 들어갔다.

"엄마! 엄마! 우리가 이겼어요!"

종배의 외침을 듣고 현영이 방문을 활짝 열어젖혔다.

"정말? 휴우, 다행이다. 호호호."

현영은 집에서 가슴을 졸이고 있었는지 안도의 한숨을 내쉬며 말했고, 이어 들어온 기복에게 달려가 안기며 말했다.

"여보, 너무 수고했어요!"

"하하하. 이제 우린 한 번만 더 이기면 돼."

"내일은 나머지 대결 두 개 다 하죠? 그럼 완전 결정 나는 거죠?"

"응."

"우리 종배도 내일 잘해야 할 텐데……."

현영이 걱정스러운 눈빛으로 종배의 머리를 쓰다듬으며 말했다. 종배는 다른 때 같았으면 당연히 잘할 수 있다고 호들갑을 떨었을 텐데 오늘은 아무 말이 없었다.

"잘할 거야. 걱정 마."

기복이 종배를 다정하게 쳐다보며 말했다. 그리고 곧 영업 준비에 들어갔다.

영업이 시작되자, 종배는 호검에게 슬그머니 다가가더니 말했다.

"호검아, 나 탕이랑 튀김 연습해야 하는데 좀 도와주라."

"응, 알았어. 아, 근데 김민기네는 튀김을 누가 하려나……. 김민기가 하려나……."

"아, 방송 나와서 그 눈꽃튀김인가 뭔가를 했었지? 음……. 그럼 튀김을 네가 할래? 아니지, 네가 잘하니까 그쪽 보조 요리사랑 붙으면 이길 확률이 더 높을 거야. 난 누구랑 붙어도 질 확률이 높을 테니까 차라리 김민기랑 붙는 게 나을 수도 있어. 이건 팀플이니까 무조건 우리 둘 중 하나만 이기면 되는 거잖아."

종배는 웬일로 냉철하게 자신을 판단했다.

"와, 너 되게 전략적이다?"

호검은 종배의 이런 전략가적인 발언에 놀라워했다.

"후후. 내가 게임 좀 했지. 팀플에서는 전략이 중요하거든! 어차피 내가 약하면 상대 팀의 가장 강한 적수와 붙어서 처리해 주는 게 나은 거지. 논개처럼 적장을 안고 강에 퐈악! 아, 이 비유는 아닌가? 큭. 아무튼, 김민기는 어떤 걸 하려나……."

"흠, 근데 네가 사시미와 구이보다는 탕이랑 튀김을 더 잘하잖아? 내가 보기엔 너 탕이랑 튀김 잘하니까 그냥 그거 해도 될 것 같아. 자신감을 가져!"

종배는 지난 2주 동안 탕과 튀김을 계속 연습해 왔기 때문에 사시미와 구이보다는 탕과 튀김을 더 잘했다.

"하긴, 그 메뉴만 연습했으니 에이, 전략이고 뭐고 하던 대로 해야겠다. 닭고기 튀김부터 해야지. 아니, 아니다. 자라탕부터 할래. 나 그거 만드는 거 잘하는지 네가 좀 봐줘."

"응!"

호검은 종배가 자라탕 만드는 것에 이어 튀김 요리도 지켜보며 조언을 해 주었다.

종배가 탕과 튀김 요리를 다 연습한 후에는 호검이 내일 만들게 될 사시미와 구이 요리들을 마지막으로 한번 만들어보았다.

*　　　*　　　*

드디어 다음 날 아침이 밝았다. 오늘 그 명당자리의 주인이 결정된다고 생각하니 기복이나 종배나 호검이나 설레면서도 긴장이 되었다.

"긴장하지 말고. 알겠지?"

기복이 대결이 있을 유 회장의 가게에 들어가기 직전에 호검과 종배를 다독였다.

"네!"

"네!"

호검과 종배는 마음을 굳게 먹고 가게 안으로 들어갔다.

오늘은 남은 2가지 대결이 다 펼쳐질 것이라서 두 가지 대결에 필요한 재료들을 모두 준비해서 주방에 세팅했다. 잠시 후 김민기네 팀도 와서 재료들을 준비했고, 곧 심사위원들도 차례로 도착했다.

"자, 오늘은 두 번째 대결과 세 번째 대결을 하게 될 거고요, 그 결과에 따라 이 가게의 주인이 결정되겠습니다! 두 번째 대결은 사시미와 구이 요리인데요. 두 번째 대결을 펼치실 양 팀 셰프님들 앞으로 나와주시죠."

유 회장의 말에 앞으로 나온 사람은 김민기와 호검이었다. 호검은 김민기가 나올 수도 있다는 생각은 하고 있던 터라 그저 담담하게 앞으로 나가 쓰고 있던 모자를 벗었다. 하지만 여전히 알이 없는 뿔테 안경은 쓰고 있었다.

검은 캡 모자를 쓰고 있던 호검이 갑자기 모자를 벗자, 사람들의 시선이 호검에게 집중되었다. 호검을 본 유 회장과 유지혜는 살짝 고개를 갸웃거렸고, 김민기는 잠시 인상을 찌푸렸다가 갑자기 놀라서 소리를 질렀다.

"아니! 강호검 셰프랑 완전 닮았네! 혹시 동생이야?"

김민기는 방송 녹화 때 호검을 바로 코앞에서 본 적이 있어서 그런지 호검을 알아봤다. 하지만 중국 요리를 하는 호검이 일본 요리를 한다는 것은 생각조차 못 했는지 동생인가 하고 추측을 했다.

민기의 말에 호검은 동생이라고 거짓말을 할까 하는 생각도 잠시 들었지만, 천성적으로 거짓말을 잘하지 못하는 그였다. 그는 조금 난감해서 왼손으로 안경을 만지며 대답했다.

"아닙니다."

"그럼 형?"

"그게 아니라……."

호검이 결국 자신을 밝히려고 하는데, 유지혜가 갑자기 끼어들어 소리쳤다.

"헐! 왼손 손등에 점 두 개! 진짜 강호검 셰프님 맞죠?"

호검은 지혜의 눈썰미에 깜짝 놀라 그녀를 쳐다보았다.

호검의 왼손 손등에는 작은 점 두 개가 나란히 있었는데, 지혜가 그 점을 기억하고 있었던 것이다.

지혜의 말에 유 회장의 눈이 휘둥그레졌다.

"진짜 강호검 셰프 맞아? 정말?"

"아하하……. 네, 맞습니다."

호검이 멋쩍게 웃으며 고개를 끄덕였다.

"아니, 어떻게 이런 일이?"

유 회장은 이게 어떻게 된 일인지 의아해하며 호검과 기복을 번갈아 쳐다보았다.

그 와중에 심사위원으로 와 있던 유 회장의 부인이 호검에게 손을 내밀며 말했다.

"어머, 뿔테 안경을 써서 잘 몰랐는데, 자세히 보니까 맞네, 맞아. 팬이에요!"

"아, 감사합니다."

호검이 그녀의 손을 살짝 잡아 악수를 해주는데, 유지혜가 그들 사이를 파고들며 호검의 양손을 덥석 잡았다.

"저도, 저도 팬이에요! 와, 여기서 뵐 줄은 꿈에도 몰랐어요. 방송에서 정말 멋지시더라고요. 제가 강 셰프님 방송은 다 챙겨 봤어요!"

"아, 네. 감사합니다."

호검은 당황스러워 얼굴을 붉히며 말했다. 김민기팀 셰프들은 다들 이게 무슨 상황인가 싶어 어안이 벙벙해서 몸은 굳은 채로 눈만 끔뻑거리고 있었다. 그러다 김민기가 정신을 차리더니 떨떠름한 표정으로 물었다.

"아니 근데, 중국 요리 하는 분이 왜 여기……?"

"아, 음, 여러 가지 다양한 요리들을 접하면 중국 요리 하는 데에도 도움이 되지 않을까 해서요. 하핫. 원래 제가 좀 궁금한 게 많기도 하고……."

호검이 적당히 말을 둘러댔다.

"어머, 요리 열정이 대단하시구나! 텔레비전에서 볼 때도 그런 게 막 느껴졌는데, 역시! 너무 멋있으시다. 호호호."

지혜는 호검의 손을 연신 흔들어대며 손을 놓을 생각을 안 했다. 그녀는 일전에 김민기가 텔레비전에 나온 셰프라고 치켜세웠던 것과 지금 호검의 정체를 알고 이렇게 폭풍 칭찬을 하는 걸로 봤을 때, 텔레비전에 나왔던 셰프들을 우러러보는 경향이 많은 듯했다.

호검은 지혜에게 감사 인사를 하며 조심스럽게 손을 뺐다.

지혜가 호검을 굉장히 좋아하는 것 같자, 그 모습을 지켜보던 김민기는 점점 인상이 굳어져 갔다.

'아, 진짜. 중국 요리나 할 것이지……'

그러다 그는 문득 긍정적인 생각이 떠올라 다시 거만한 표정을 찾아갔다.

'아니지, 차라리 잘됐어. 그럼 일본 요리 경력이 얼마 안 되는 거잖아? 저런 애송이를 대결에 내보내다니, 어지간히 인물이 없나 보네.'

그는 호검이 눈꽃튀김을 잘 따라 했던 게 생각이 났지만, 중국 요리에 튀김 종류가 많아서 그런 걸 거라고 스스로를 위안했다.

'그리고 오늘은 튀김이 아니잖아? 사시미랑 구이가 쉬워 보일지 몰라도 그리 간단한 요리들이 아니라고. 후후.'

유 회장은 껄껄 웃으며 오늘 아주 명대결을 보게 되는 거 아니냐며 좋아했다.

"아하하. 텔레비전에 나온 유명 요리사 두 분의 대결이라니! 아주 기대가 큽니다. 자, 그럼 얼른 시작해 봅시다!"

드디어 사시미와 구이 요리 대결이 시작되었다. 오늘은 스시 카운터가 아니라 그냥 테이블에 심사위원 5명이 둘러앉아 맛을 보기로 했다.

김민기는 가장 먼저 참치를 사시미로 내놓았다.

"참치 맛있는 거야 다들 아시죠? 그냥 와사비 간장에 살짝 찍어만 드셔도 참치 자체가 굉장히 맛있을 겁니다. 물론 제가 다 먼저 맛을 보고 최상품으로 가져온 것이고요. 우리가 참치라고 부르는 생선도 여러 종류가 있습니다. 오늘 다양한 참치들을 맛보여 드리죠. 자, 먼저, 참다랑어의 주도로(중뱃살)부터 맛보세요."

참치는 역시 사람들을 실망시키지 않았다. 심사위원들은 고개를 끄덕이며 주도로를 먹었고, 김민기는 만족스러운 미소를 지었다. 이어 김민기는 곧바로 참다랑어의 가마살, 눈다랑어의 주도로와 오도로(대뱃살), 황새치의 뽀얗고 하얀 주도로까지 연달아 냈다.

"역시 참치는 실망시키지 않아요. 호호호."

"입에서 살살 녹네요 정말!"

그런데 민기가 5가지 회를 낼 때까지 호검은 아직도 첫 번째 회를 내놓지 않고 있었다. 호검은 주방에서 무언가를 열심히 하고 있었다.

"강 셰프님은 왜 이렇게 안 나오시지? 얼마나 대단한 회를 준비하시기에……?"

지혜가 궁금함 반 기대감 반으로 목을 쭈욱 빼고 주방 쪽을 쳐다보는데, 마침 호검이 큰 접시 하나를 들고 나왔다. 테이블에 접시를 내려놓자, 심사위원들은 자동적으로 접시에 몸을 가까이 들이대며 뭐가 담겨 있는지 관찰했다.

"이건 뭐예요? 무슨 회지?"

"처음 보는데…… 명태포랑 비슷한데 크기는 작고……."

"이 가운데 요건 또 뭐죠?"

심사위원들 중에서 여자들이 먼저 질문을 쏟아냈다. 접시의 한 가운데에는 겉면이 살짝 노릇하게 구워진 동글납작한 햄 같은 요리가 놓여 있었고, 그 둘레로 하얀 살결에 약간의 갈색 테두리 같은 것이 보이는 회가 둥글게 놓여 있었다.

"아, 이건."

호검이 막 대답을 하려는 찰나, 유 회장이 눈이 휘둥그레져서는 가운데 요리를 가리키며 물었다.

"설마 이거 푸아그라예요?"

"어머, 당신이 그렇게 말하니까 진짜 푸아그라같이 생겼네!"

유 회장과 유 회장 부인의 말에 호검이 빙긋 웃으면서 첫 요리를 설명하기 시작했다.

"이건 바다의 푸아그라라고 불리는 안키모, 즉 아귀의 간 요리입니다. 아귀 간을 찐 다음에 살짝 구워낸 거고요. 요 초생강과 함께 드시면 잘 어울립니다."

호검이 안키모의 옆에 살포시 모여 있는 핑크빛 초생강을 가리키며 설명했다.

"아하! 바다의 3대 간이 아귀 간, 홍어 간, 쥐치 간이라던데, 어제 우리가 쥐치 간도 맛을 봤잖아요? 그리고 오늘 아귀 간

맛을 보면, 바다의 3대 간 중에서 2개나 맛을 보게 되네요. 하하하."

"캬아. 나도 들어봤어요. 바다의 푸아그라! 유 회장 덕에 못 먹어보던 거 많이 먹어보네. 으하하하. 그럼 일단 이거부터 맛을 볼까요?"

유 회장의 주당 친구는 얼른 안키모부터 맛을 보려고 젓가락을 들었다.

"잠깐만요! 이거 회는 무슨 회인지 먼저 알고 먹어요. 이건 안키모고, 그럼 이 사시미는 도대체 뭔가요?"

유 회장 친구의 부인이 일단 궁금증부터 해결하고 맛을 보길 원했다. 그러자 호검은 웃으며 입을 열었다.

*   *   *

"이 사시미는 역시 아귀입니다."

"어머, 정말요? 아귀회는 처음 봐요. 아귀찜은 많이 먹어봤는데, 회라니…… 근데 아귀에 회를 뜰 데가 있어요?"

"꼬리 부분은 회를 뜰 수 있거든요. 지금 아귀가 제철이라 아주 맛이 좋습니다. 그래서 첫 요리로 사시미와 구이를 함께 맛보실 수 있도록 안키모(아귀 간)와 아귀회를 준비해 봤습니다."

"자자, 뭔지 알았으니 이제 맛을 봅시다. 어서요!"

안 회장의 주당 친구가 입맛을 다시며 다시 젓가락을 안키모로 가져갔다.

심사위원들은 안키모나 아귀 사시미를 다 처음 먹어보는 거라 신중하게 맛을 음미했다.

"와, 안키모, 이래서 바다의 푸아그라구나! 고소하고 부드럽고 아주 맛있네요!"

"생선 간인데 하나도 안 비리고 고소하기만 하네? 입에서 살살 녹아요. 호호호."

"핏물과 수분을 완벽히 제거하고 청주와 우유에 차례로 담가 비린내도 없앴기 때문에 부담 없이 맛있게 드실 수 있습니다."

호검은 살짝 안키모 요리의 비법을 알려주었다.

"으음! 아귀 사시미는 쫄깃하고 담백하네요!"

"처음 먹어보는데 맛있네요."

김민기는 심사위원들의 감상평을 듣다가 미간을 찌푸리더니 주방으로 들어가서 다음 요리를 준비했다.

'쳇. 안키모를 준비하다니……'

김민기는 다음으로 참치 타다끼를 준비했다. 타다끼는 생선이나 육고기 덩어리를 재료의 겉면만 구워 익히고 속은 안 익은 레어의 상태에서 슬라이스한 요리를 말했다. 그는 참치 등

살(아카미) 겉면에 깨를 입혀 살짝 구워낸 다음 썰어서 미소된장 소스와 냈다.

호검 역시 타다끼를 준비했는데, 호검의 타다끼는 소고기 살치 살을 사용한 규타다끼였다. 또한 그가 곁들인 소스는 폰즈소스로, 유자즙과 간장, 가츠오부시, 식초 등을 넣어 만든 소스였다.

"오, 이번엔 타다끼 대결인가요? 마침 양쪽 다 타다끼를 준비하셨네요. 하하하."

"아, 김 셰프님은 이번에도 참치네요?"

유 회장이 김민기에게 물었다. 그의 말은 너무 참치 요리가 많은 것이 아니냐는 뜻을 내포하고 있었다.

"네, 사실 생선 중에서는 참치가 제일이죠. 육고기와 물고기의 두 가지 맛을 다 느낄 수 있는 유일한 생선 아니겠습니까? 부위와 조리법에 따라서 맛도 다 다르고요. 하하."

김민기는 자신의 요리는 두 가지 맛이 날 것이고, 호검의 타다끼는 육고기 한 가지 맛만 날 것이란 걸 은근슬쩍 드러나게 하려고 했다. 심사위원들은 별로 그런 점을 의식한 것 같지 않았지만.

물론 이번 요리도 심사위원들은 두 가지 다 맛있다고 평했다. 하지만, 호검의 살치 살 규타다끼의 접시는 깨끗이 비워졌고, 김민기의 참치 타다끼 접시는 그렇지 않았다.

"참치 타다끼는 또 다른 맛이네요. 미소된장소스와도 잘 어울리고요. 근데 아까 참치 회는 많이 먹어서……."

"아하하. 그렇죠. 다음 요리들도 드셔야 하니까 배를 남겨두셔야죠."

김민기는 애써 태연한 척 웃었다. 그리고 다음 요리를 준비하러 주방으로 들어가기 직전, 그는 자신의 제자 임수용에게 귓속말을 했다.

"철민이한테 연락해서 지금 당장 우럭 가져오라고 해."

"네? 지금요?"

"마지막 요리로 할 거니까, 20분 내로 가져오라고 해."

"아, 예."

김민기는 사실 가다랑어 회를 준비했는데, 가다랑어도 참치 종류라고 할 수 있었다. 물론 맛은 좀 달랐지만, 일단 참치 종류는 빼고 다른 걸 하는 게 좋을 것 같아 부랴부랴 제자를 시켜 우럭을 가져오라고 한 것이다.

임수용은 얼른 밖으로 나가 전화를 했고, 김민기는 다음 요리를 하기 시작했다. 김민기는 연어 데리야끼와 가리비 구이를 내놓았고, 호겸은 우니(성게알) 크림을 곁들인 관자 이소베야끼(김을 사용한 구이 요리)를 냈다. 이어 다시 호겸은 사시미를 좀 더 냈는데, 고노와다(해삼 내장)를 찍어 먹는 엔가와(광어 지느러미) 사시미, 그리고 도미 마스까와(뜨거운 물과 얼음물로 쫄깃한 식감을 얻어내는 요리)를 냈다.

"이건 도미 마스까와인데, 껍질이 고소한 도미는 껍질째 먹는 게 맛있거든요. 그래서 껍질을 남기고 포를 뜬 다음에 그 위에 뜨거운 물을 붓고 다시 찬물에 곧바로 식혀서 회를 뜬 거예요."

"회도 다 같은 회가 아니네요. 전 뭐 사시미라고 하면 그냥 생선을 생으로 먹는 거라 평가를 할 게 있나 싶었는데, 조리법도 조금씩 차이가 있고, 소스도 다르고. 그래서 맛도 다르고요. 호호호."

유 회장의 친구 부인은 예상 외로 사시미들이 특별하고 맛있다며 좋아했다.

김민기가 호검의 도미 마스까와를 맛보는 심사위원들을 초조하게 지켜보고 있는데, 드디어 우럭이 도착했다.

"좋아, 마지막은 우럭이다!"

김민기는 마지막 사시미로 우럭과 야채 초무침을 만들기 시작했고, 호검은 마지막 사시미로 가다랑어를 꺼냈다.

'홋. 가다랑어네? 역시 내가 가다랑어를 안 하길 잘했어. 잘못하면 비리기 십상인 데다가, 심사위원들한테 내가 이미 참치를 많이 먹여놨잖아?'

잠시 후, 양쪽의 마지막 요리가 등장했다.

"오, 우럭! 야채 초무침까지!"

"음, 근데 강 셰프님 사시미는 어떤……?"

호검의 요리는 기다란 접시에 간장 소스가 자작하게 부어져 있고, 그 가운데에 사시미가 일렬로 자리하고 있었다. 그런데 사시미 위에는 쪽파, 양파와 깻잎 같은 채소가 얹어져 있어 어떤 생선인지 잘 보이지 않았다.

"가다랑어입니다."

"참치의 한 종류죠!"

김민기가 유치하게 고자질하듯 끼어들었다.

"아……."

종배는 가다랑어라는 말에 심사위원들의 기대치가 살짝 떨어지는 듯한 느낌을 받았다.

'내가 안전빵으로 가다랑어 하지 말랬는데, 후우. 하필 김민기도 참치를 실컷 해가지고…….'

하지만 호검은 빙긋 웃으며 자신 있게 말했다.

"절 믿고 드셔보세요. 하하."

심사위원들은 호검의 자신 있는 태도에 다시 기대감이 상승했다. 그리고 드디어 양 팀의 요리를 맛보기 시작했다.

"역시 초장과 야채를 무쳐서 회랑 먹는 건 안 맛있을 수가 없죠!"

"맞아요. 호호호."

일단 김민기의 요리에 대한 평가는 후했다.

그리고 이어진 호검의 요리에 대한 평가.

"아니, 이건 정말 처음 먹어보는 맛이……"

"이 위에 이건 깻잎 맞아요? 모양은 깻잎인데 맛이……?"

"일본식 깻잎인 시소(紫蘇)라는 채소인데요, 풍미가 아주 좋죠."

"오, 가다랑어랑 잘 어울리네요!"

심사위원들은 고개를 끄덕이며 가다랑어를 열심히 먹었다. 비리다거나 질린다거나 하는 반응이 전혀 아니자, 김민기는 뾰로통해졌다.

"자, 이제 바로 투표해 볼까요? 먹은 음식들 맛을 잊어버리기 전에요!"

유 회장은 서둘러 메모지를 나눠주었고, 바로 발표로 들어갔다.

"이번에 강호검 셰프가 이기면 2 대 0으로 승부는 끝이 나고요, 김민기 셰프가 이기면 1 대 1로 마지막 대결을 하게 됩니다. 아셨죠? 그럼 발표하겠습니다."

김민기 팀이나 이기복 팀이나 다들 가슴을 졸이며 유 회장을 쳐다보았다. 그런데 그때, 유지혜가 벌떡 일어나더니 유 회장에게 가서 뭐라고 속닥였다. 그러자 유 회장이 고개를 끄덕이고는 사람들을 향해 다시 말문을 열었다.

"이번엔 득표수를 공개하지 않고 나와 지혜가 표를 확인하고 결과만 발표할게요. 괜찮죠, 두 팀?"

"뭐, 네."

"그러세요."

유 회장과 유지혜는 다섯 장의 표를 펼쳐 보았는데, 한 장 한 장 펼쳐 볼 때마다 놀라는 표정을 지었다. 그리고 마지막엔 고개를 끄덕이더니 발표를 하겠다고 했다.

"자, 승리한 팀은……. 이기복 팀, 강호검 셰프입니다! 그리고 2 대 0으로, 이로써 대결은 끝입니다! 앞으로 여기는 〈복스시〉 식당입니다!"

"으아악!"

"대박!"

종배와 기복은 호검에게 달려와 볼에 입을 맞추고 난리가 났다.

김민기는 설마 자신이 호검에게 질 리가 없다고 생각하고 있다가 깜짝 놀라 입을 쩍 벌렸다.

심사위원들과 유 회장은 기복팀에게 축하 인사를 건넸고, 유지혜는 안타까운 표정으로 김민기에게 다가갔다.

"아쉽네요. 김 셰프님 요리도 다 맛있었는데……."

"그럴 리가 없어요!"

갑자기 김민기가 얼굴이 벌게져서는 유 회장에게 다가가 투표 종이를 뺏어 들었다.

"그 표 내가 확인해 보겠습니다. 이리 줘보세요."

유지혜가 당황해서 김민기를 말리려고 했지만, 벌써 김민기는 투표 종이를 펼쳐 보고 있었다. 다섯 장의 투표 종이를 모두 확인한 김민기는 유지혜를 한번 쏘아보더니 종이를 구겨서 바닥에 던졌다. 그리고 그길로 제자들을 데리고 가게를 나가버렸다.

"허허. 사람 성질 참⋯⋯."

유 회장은 조금 못마땅한 듯 중얼거렸지만, 유지혜는 어쩔 줄 모르는 표정이었다.

종배는 정리를 하는 척하면서 바닥에 떨어진 투표 종이들을 하나 둘씩 주워 펼쳐 보았고, 종이를 다 확인한 다음에는 얼른 쓰레기통에 넣었다. 그리고 호검과 기복에게 다가와 말했다.

"헐. 야, 유 회장 딸도 2번 적었어."

"응? 어떻게 알아?"

"저 다섯 장에 다 2번이라고 적혀 있거든. 흐흐."

"뭐어?"

호검은 이제야 안절부절못하며 서 있는 유지혜가 이해가 갔다. 유지혜가 먼저 김민기에게 제안을 한 것임에도 김민기를 뽑지 않았으니 그는 단단히 화가 났을 것이다.

"근데 왜 널 적은 거지? 너무 맛있었나?"

종배가 궁금해 하자 기복이 대답해 주었다.

"아까 못 봤어? 호검이 팬이라잖아. 당연히 맛도 있었겠고. 하하하."

어느 정도 상황이 정리된 듯하자, 유 회장의 주당 친구가 슬쩍 물었다.

"근데, 이렇게 결과가 나왔으면 우린 마지막 탕과 튀김 맛은 못 보는 건가?"

"아, 아니에요. 저희 준비한 건 지금 해 드릴게요! 이왕 준비한 건 다 해 드려야죠! 하하하."

종배는 기분이 좋아서 지금 요리를 하면 최고의 실력이 나올 것 같았다. 그는 자신 있게 나섰고, 이제 대결이 아니니 호검과 기복이 그를 보조해 주었다.

심사위원들은 이기복 팀이 준비한 자라탕과 닭고기 튀김 등도 맛있게 먹었고, 모든 요리를 다 맛보고 난 다음엔 한 마디씩 했다.

"축하드려요. 〈복스시〉 오픈하면 자주 와야겠어요."

"너무 솜씨들이 좋으시네요."

"난 벌써 단골로 정했어. 친구들 다 데리고 술 마시러 와야지. 하하."

그리고 유지혜도 그들에게 다가와 말했다.

"이왕 이렇게 결정 났으니 장사 잘되시면 좋겠어요. 솔직히 요리들은 정말 흠잡을 데가 없네요. 축하드려요."

"감사합니다!"

유 회장도 이기복에게 다가와 손을 덥석 잡으며 말했다.

"축하하네, 이 셰프! 허허허. 나한테도 축하한다고 해주겠나? 이제 자네 요리를 마음껏 먹으러 올 수 있으니 말이야."

"하하하. 축하드립니다, 유 회장님. 그리고 감사합니다!"

이리하여 명당자리 쟁탈전은 기복의 승리로 마무리되었고, 기복은 호검에게 매우 고마워했다.

"이게 다 네 덕분이야. 정말 우리 가게 복덩이라니까! 내가 가게 이름을 〈복스시〉라고 지어서 이렇게 복이 굴러들어 왔나? 말이 씨가 된다고 하잖아."

"에이, 아버지, 아버지 이름에 복자가 들어가니까 아버지 복이 터지신 거겠죠. 하하하."

"그런가? 하하. 아무튼 고마워, 정말."

"별 말씀을요. 다 이게 사장님께 배운 요리들인데요, 뭘. 하하하."

"우리 오늘 영업 끝나고 축하 파티 하자!"

종배는 신이 나서 외쳤고, 기복과 호검도 동의했다.

"그러자꾸나!"

"나도 콜!"

한편, 분노에 치를 떨면서 자신의 일식당으로 돌아간 김민기는 화를 주체하지 못해 홀을 이리저리 왔다 갔다 하며 돌아다니고 있었다.

'유지혜… 날 바보로 만들어? 강호검… 이 자식도!! 두고 보자……'

김민기는 한참을 서성이며 골똘히 생각을 하는 듯했다. 제자 임수용은 그의 눈치를 보다가 냉수를 한 잔 가져다주었다.

"스승님, 물 좀 드세요……"

김민기는 컵이 부서질 듯 물컵을 꽉 쥐고는 부들거리다가 곧 벌컥벌컥 냉수를 들이켜더니 빈 잔을 테이블에 탁 내려놓았다. 그러고는 곧바로 휴대폰을 꺼내 들었다.

4. 기회

김민기가 첫 번째로 전화를 건 사람은 바로 이용혁이었다.

"용혁아, 요즘 잘 지내지?"

—아이고, 김 셰프님! 저야 뭐 늘 똑같죠. 근데, 김 셰프님은
잘나가시던데요?

"잘나가긴, 뭘."

—요즘 텔레비전에 많이 나오시잖아요! 저도 여러 번 봤는
데.

"아, 봤어? 서너 번 나갔지. 앞으로 더 나올 거긴 하지만."

민기는 짐짓 시크하게 대답했다.

—이게 서너 번이 금방 열 번, 스무 번 된다니까요. 그럼 금방 스타 셰프 되는 거죠. 하하하.

"그, 그렇지? 하하. 자네 덕분에 기분이 좀 좋아지네."

민기는 아부하는 이용혁 덕에 기분이 좀 풀어졌다.

—왜요, 뭐 기분 안 좋으신 일 있으셨어요?

"음, 그게 말이야……. 정보 하나 줄까?"

민기는 사실 이용혁에게 정보를 주려고 일부러 연락을 한 것이었다.

정보라는 말에 이용혁은 귀가 솔깃해서 얼른 되물었다.

—정보요? 무슨 정본데요?

"너 강호검이라고 알지?"

—으음, 알죠. 천학수 셰프 제자잖아요. 근데 걔는 왜요?

강호검이라는 말에 이용혁은 떨떠름한 반응을 보였다. 그다지 좋은 인연은 아니었으니까. 좋지 않은 인연이야 당연히 자기가 먼저 시작한 것이었지만 말이다.

"근데 천학수랑 사이가 안 좋아졌나 봐. 요즘 〈아린〉에서 일 안 하던데?"

—어? 그래요?

이용혁은 천학수와 강호검 둘 다 싫어했기 때문에 둘 사이가 멀어졌다고 생각하니 슬쩍 미소가 지어졌다.

"거기서 일 안 한 지 꽤 된 거 같아. 그리고 무슨 일식당에서 일하나 보더라고."

─중식 하던 사람이 웬 일식?

"그러니까. 혹시 강호검이 천학수한테 빼먹을 거 다 빼먹고
그만두고 나온 거 아냐?"

김민기는 저번 〈셰프의 비법〉 녹화 때 호검과 학수가 친한
걸 눈으로 봤으면서도 일부러 호검을 나쁘게 말했다.

─엇! 정말 이용해 먹었나? 근데 그 강호검이 일한다는 일
식당은 어딘데요?

"조만간 다시 알려줄게. 곧 이전할 것 같거든."

─아, 네. 정보 감사드려요.

"뭘. 그럼 다음에 또 연락할게."

전화를 끊고 김민기는 히죽거렸다.

'이렇게만 알려주면 알아서 소문 잘 내겠지. 배은망덕한 느
낌으로 해주면 좋겠는데⋯⋯.'

김민기는 이렇게라도 하니 답답했던 속이 조금 시원해진 것
같았다. 그리고 그는 이어 어디론가 또 전화를 하더니 곧 제
자 임수용에게 일을 모두 맡기고 식당을 나섰다.

잠시 후, 그가 도착한 곳은 어느 고풍스러운 한옥집이었다.

"누님!"

"어, 왔어? 일은 어쩌고?"

"누님 보러 오는데 일이 중요해요? 하하하."

"오호호. 말도 참 이쁘게 해."

양혜석이 좋아하며 김민기를 칭찬했다.

"이리 와. 점심 먹어야지. 우리 김 셰프 온다기에 내가 다 차려놨어."

양혜석은 김민기를 안쪽 방으로 이끌었다. 그녀가 김민기를 데리고 들어간 방은 작았지만, 가운데 커다란 상이 놓여 있었고, 그 위에는 갈비찜이며, 탕평채, 구절판, 전복찜 등 상다리가 부러질 정도로 음식들이 가득 차려져 있었다.

"아휴, 힘드신데, 뭘 이렇게까지……."

"내가 음식 만드는 게 취미잖아. 오호호. 얼른 앉아. 먹자."

"네, 누님! 잘 먹겠습니다!"

김민기는 양혜석이 차려준 밥상을 맛있게 먹기 시작했다.

"다 맛있네요! 특히 이 전복찜이 아주 기가 막혀요. 하하하. 역시 청와대 조리장이 괜히 되신 게 아니지."

"그래? 오호호."

양혜석은 김민기의 칭찬에 함박웃음을 지었다.

"아참, 근데 오늘은 쉬는 날이신 거예요?"

"응. 우리 돌아가면서 쉬잖아."

청와대에서 대통령의 식사를 담당하는 조리 책임자들은 한식, 중식, 일식, 양식, 이렇게 네 명이 있었다. 그중 한식 담당이 바로 양혜석 명장이었던 것이다. 그들은 미리 식단을 짜고 메뉴에 맞춰 근무를 했다.

가끔 대통령이나 그 가족들이 특별히 무엇을 해달라고 하면 그것을 직접 만들어 주기도 했다.

"아하. 음, 그럼 오늘은 어떤 조리장님이 계신 거예요?"

"일식 조리장이 있어."

"일식 조리장님은 성민우 조리장님이죠? 경력이 어떻게 되세요?"

"맞아. 한 30년은 될걸? 유명 호텔 조리장도 했었고……."

"아……. 이번에 조리장 바뀌는 사람은 없어요? 대통령 바뀌었잖아요."

"후우. 그래서 걱정이야, 나도."

양혜석이 한숨을 푹 내쉬며 말했다. 혜석의 반응에 김민기는 아차 싶었다.

"아, 죄송해요. 괜히 말을 꺼냈나……."

"아니야, 대통령 바뀌면 보통은 바뀌니까. 근데 아직은 얘기 없네? 곧 말이 나오려나……."

"에이, 근데 한식 요리사 중에 누님만큼 실력이 되는 사람이 어딨어요? 없을걸요? 그러니까 걱정 마세요."

"오호호. 그래. 고마워. 참, 근데 뭐 할 말 있다며?"

"아, 네."

김민기는 얼른 씹던 갈비찜을 꿀꺽 삼키고는 물을 들이켰다. 그러고는 다시 입을 열었다.

"제가 진짜 어이없는 얘기 하나 해드릴까요? 오늘 알게 된 따끈따끈한 소식인데……."

"응? 뭔데?"

"누님, 강호검이라고……."

"오, 그 셰프 알지. 우리랑 같이 방송하고 거품만두 만들었던……."

혜석은 원래 호검에게 관심이 많았기에 이름만 듣고도 얼른 끼어들어 반갑게 알은척을 했다.

"아, 네. 맞아요. 천학수 셰프 제자잖아요. 그 친구가요."

"그렇지. 방송 녹화 때도 같이 왔었잖아."

"네, 근데 그 강호검이 일식집에서 일을 하고 있지 뭐예요!"

"뭐? 중국 요리가 아니라? 〈아린〉에서 나온 거야?"

양혜석은 놀라워하면서도 한편으로는 왠지 기분이 좋았다.

"그런가 봐요. 자기 말로는 여러 가지 다양한 요리를 배우면 중국 요리 하는 데 도움이 된다나 뭐라나 그러던데……."

"만나봤어?"

"아, 음……. 어쩌다가 만나게 됐는데. 아무튼, 천학수 셰프랑 사이가 안 좋으니까 중식 안 하고 일식 하고 있겠죠?"

김민기는 자신이 호검과 요리 대결을 해서 졌다는 말은 자존심이 상해서 차마 할 수가 없었다.

"뭐, 자기 말대로 다양한 요리를 접하고 싶었을 수도 있지 않아? 그때 보니까 천 셰프랑은 별문제 없는 것 같던데."

"그런 척하는 걸지도 모르잖아요. 둘이 이미지 관리하느라고 말이에요."

"음, 그런가······? 어쨌든 호검이가 일식도 배우고 있었다, 이 말이지?"

"네."

양혜석은 잠시 멍하니 오미자차를 마시면서 생각에 잠겼다.

'일단 천학수 밑에서 나왔고, 다른 여러 가지 요리에도 관심이 있단 말이지? 참 탐나는 아이인데······.'

김민기는 양혜석의 눈치를 슬슬 보며 이어 말했다.

"그래서 내 눈꽃 튀김을 그렇게 잘 따라 했던 건가 봐요. 그니까 재능이라기보다는 다 연습했으니까 잘했던 거라는 거죠. 그럼 그렇지, 한 번 보고 그렇게 하는 사람 진짜 못 봤어요."

김민기는 저번 〈셰프의 비법〉 특집 방송 때 자신이 한 눈꽃 튀김보다 호검이 더 잘 만든 것 같아서 그게 계속 자존심이 상했던 것이다. 그래서 일부러 양혜석에게 변명처럼 이 사실을 알려주었다. 하지만 혜석의 반응은 민기가 기대하던 반응이 아니었다.

"뭐, 배워서 그렇게 했어도 재능은 있는 거지."

"에이, 배우면 그 정도는 다 하죠."

"근데, 강호검이 나이가 몇 살 정도지?"

"한 스물여섯? 일곱? 그 정도 됐을걸요? 근데 그건 왜 물으세요?"

"그냥. 어린 데 다양한 요리를 잘하니까 신기하잖아."

양혜석이 웃으며 말했다.

'뭐야, 명장님은 강호검한테 호감이 많은 것 같잖아? 에이, 괜히 말했네……'

김민기는 떨떠름해져서 얼른 음식들을 입에 쑤셔 넣기 시작했다. 그런데 그러는 와중에 밖에서 여자들의 목소리가 들려왔다.

"누님, 밖에 여자들이 싸우는 거 아니에요?"

"어? 난 가는 귀가 먹어서……"

양혜석이 자리에서 일어나 마당 쪽으로 난 창문을 열어젖혔다.

"얘들아, 왜 또 싸워? 내가 둘이 투닥거리지 말고 사이좋게 지내랬지! 후우."

양혜석이 한숨을 쉬며 밖으로 나갔다. 김민기가 슬쩍 보니 투닥거리는 두 여자는 양혜석의 제자 둘이었다.

"명장님, 제가 전을 부치려고 밀가루를 개어놨는데요, 이 언니가 일부러 지나가면서 그걸 쳐서 바다에 엎어버렸어요. 심지어 거기 부추를 담아놨는데, 다 못 쓰게 되어버린 데다가 또 그걸 치우려면……."

"아니에요. 정말 일부러 그런 게 아니고, 실수로 그런 건데……. 얘가 제 말을 안 믿고, 절 이렇게 나쁜 애를 만들면서……."

언니라 불리는 제자는 윤이령, 그녀보다 두 살 어린 제자의 이름은 나선희였다.

윤이령은 눈물을 글썽이며 명장에게 호소했고, 명장은 그런 이령의 편을 들었다.

"실수로 그런 거 가지고 너그럽게 용서를 해줘야지. 밀가루야 또 개면 되잖아."

"실수가 아니라니까요! 명장님, 제 말 믿어주세요. 일전에도 여러 번 그랬다니까요!"

나선희가 윤이령을 노려보며 말했다. 그러자 윤이령은 눈물을 훔치며 최대한 불쌍한 표정으로 말했다.

"내가 너무 덤벙대서 그래……. 미안해. 근데 정말 실수였어."

"으휴, 선희야, 이렇게 사과를 하는데 왜 사람 말을 안 믿고 그러니? 둘이 사이좋게 좀 지낼 수 없니? 얼른 화해해."

"아, 정말……."

선희는 화를 참느라 눈에 눈물이 그렁그렁 맺혔다. 그녀가 분명 이령이 일부러 팔꿈치로 밀가루를 개어놓은 볼을 세게 치는 걸 봤는데, 저렇게 명장님 앞에선 착한 척을 하고 있으니 속이 답답했다.

'그냥 때려치워 버릴까……. 에이, 그래. 앞으로 딱 한 번만 더 그러면 그땐 정말 때려치워야지.'

선희는 그냥 휙 돌아서 요리 연습실로 들어가 버렸고, 혜석은 이령을 다독여 주고 다시 민석에게로 돌아왔다.

"에휴, 괜히 여자애들 둘을 제자로 삼았나 싶어. 둘이 맨날 저리 싸워대니……. 이령이가 맨날 저렇게 운다니까. 이령이가 마음이 여려서 말이야."

혜석은 두 제자가 사이가 안 좋아서 걱정이었다. 그래서 둘 중 하나를 내치고 호검을 제자로 삼고 싶기도 했다. 사실 두 제자의 사이가 위태위태해서 누군가 먼저 나간다고 할지도 모를 일이기도 했다.

"뭐, 둘 다 여자여서 그런 건 아니죠. 운다고 마음이 여린 것도 아니고요."

김민기가 자리에서 일어나며 말했다.

"왜, 벌써 가게?"

"네, 식당을 너무 오래 비워두면 안돼서요. 오늘 잘 먹었습니다, 누님."

김민기는 혜석에게 얼른 인사를 하고 자신의 식당으로 돌아왔다.

* * *

얼마 후, 〈복스시〉는 유 회장의 명당자리 1층으로 이전을 했다. 일단 이전은 했지만, 오픈 전에 먼저 주방 직원을 더 뽑아야 했다. 이전한 이 가게는 거의 60여 명을 수용할 수 있을 정도의 크기라서 주방 직원이 반드시 더 필요했다.

"우리가 둘이서 10명 정도 손님을 받았으니까, 60명이면 여섯 배, 뭐야, 그럼 10명이나 더 뽑아야 한다는 거야?"

기복이 손가락을 접으며 계산을 해보다가 눈이 동그래져서 외쳤다.

"에이, 아버지, 전 거들기만 하고 거의 아버지 혼자 하셨잖아요. 그러니까 스시 카운터에서 같이 일할 사람 2명 정도 뽑고, 주방에서 일할 사람 2명 정도 뽑으면 충분해요."

"오, 종배 너 점점 똑똑해진다? 이제 요리도 점점 더 잘하는 것 같고? 아, 근데 스시 카운터는 조금만 연습하면 네가 할 수 있을 것 같은데? 호검이야 얼굴이 너무 드러나면 안 되니까 그렇지만."

"정말요? 아버지, 저 많이 늘었어요?"

"그럼! 호검이가 오고 나서 친구 겸 라이벌이 있어서 그런지 너 아주 많이 늘었어."

사실 종배도 요리에 아주 재능이 없는 건 아니었다. 단지 열정이 부족했을 뿐. 3년은 걸린다는 교쿠를 1년 만에 마스터한 그였으니까. 그런데 호검이 온 다음에는 호검이 자극제가 되어 종배의 열정이 불타오르고 있었다.

"그래, 너도 곧 할 수 있겠더라. 요즘 되게 잘 만들어."

호검도 기복을 거들며 종배를 북돋아주었다.

"오케이! 그럼 스시 카운터 한 자리는 내 자리다! 으하하하. 아, 호검아, 넌 언제까지 여기 더 있을 거야?"

호검은 원래 일본 요리는 거의 다 마스터한 상태라서 요즘은 기복이나 현영에게 요리를 배운다기보다 직원처럼 일을 도와주고 있었다.

종배의 질문에 호검이 대답하기 전, 기복이 먼저 호검에게 부탁했다.

"저기, 우리 여기서 자리 잡을 때까지 한두 달 정도는 있어주면 좋겠는데……. 당연히 이제 월급은 줄 수 있을 거야!"

"아, 네. 그럴게요. 일손도 부족하신데 도와드려야죠."

"고맙다, 호검아."

이전한 〈복스시〉에서는 직원들을 더 뽑고 3월 초 오픈을 했다. 유 회장의 친분이 있는 사람들도 많이 찾아왔고, 오픈

빨도 있었겠지만, 장사가 잘되어 기복이나 종배나 호검이나 일하는 게 재미있었다.

오픈한 지 한 2주 정도 지났을까?

아침 7시, 알람 소리에 소스라치게 놀라며 호검이 침대에서 벌떡 일어났다.

*   *   *

호검은 시끄러운 알람을 얼른 꺼버렸다. 그리고 겨우겨우 몸을 일으켰다.

그는 그날따라 너무 피곤했던지 일어나서도 거의 눈을 반쯤 감은 채 휘적거리며 방문을 향해 걸어갔다. 다리를 질질 끌다시피 걸어가던 호검은 방바닥에 놓여 있던 책 모서리에 발등을 긁히고 말았다.

하필 그 책의 커버는 딱딱하고 두꺼워서 모서리 부분이 날카로워 피부가 까졌고, 그는 아파서 소리를 질렀다.

"으앗!"

호검은 다시 침대에 털썩 주저앉아 발등을 확인했다.

"에이, 책 모서리에 긁혔는데 이렇게 까지냐? 뭐야, 살짝 피도 나려고 하네? 쳇."

호검은 툴툴대다가 상처에 바르는 약을 찾기 위해 서랍에 손을 집어넣어 더듬거렸다.

'연고가 여기 어디 있었는데⋯⋯.'

그런데 연고 대신 그의 손에 잡힌 건 바로 요리사의 돌이었다.

그리고 그 순간! 자동으로 일본 요리 마스터 양피지가 떠올랐다.

"에이, 뭐야. 이건 또 갑자기 왜 떠올라?"

호검은 이 양피지가 김완덕의 것인 줄 알았다. 그런데 저번 중국 요리 마스터 양피지가 떠올랐을 때처럼 양피지 안에는 호검의 시선에서 그의 손이 요리하는 영상들, 레시피들이 파노라마처럼 지나갔다. 그리고 마지막엔 그의 이름이 나타났다.

"엇! 이거 내 일본 요리 마스터 양피지야? 우왓! 나 일본 요리 마스터한 거야? 아싸!"

호검은 신이 나서 돌을 들고 깡충깡충 뛰었다.

"아, 아 따가. 약 발라야겠다."

호검은 잠시 기쁨의 세리머니를 멈추고 다시 서랍에서 약을 찾기 시작했다. 그리고 약을 찾아 발등 상처에 바른 다음엔 더 신나게 방방 뛰면서 출근 준비를 했다.

*　　　*　　　*

며칠 후, 천학수에게 연락이 왔다.

─호검아, 너 〈아린〉에 인터뷰 좀 하러 와야겠다.

"네? 갑자기 무슨 일로요?"

─나랑 같이 인터뷰해야겠어. 우리 둘 사이가 좋지 않다는 소문이 있어서 말이야. 특히 네가 날 배신했다는 식으로 이미지가 안 좋아. 그래서 내가 일부러 기자들 불렀어. 우리 〈아린〉 확장 이전 기사 쓰면서 너랑 나 인터뷰 같이 싣기로 했어.

이용혁이 은근슬쩍 루머를 퍼뜨린 작업이 이제 빛을 보기 시작했던 것이다. 호검은 김민기가 분명히 소문을 냈을 거라고 추측했고, 일단 인터뷰를 하는 것이 좋겠다고 판단했다.

"아……. 알겠습니다. 신경 써주셔서 감사해요! 언제 갈까요?"

─내일 오후 괜찮아?

"네! 그럼 내일 봬요!"

호검은 다음 날 오후 브레이크 타임에 〈아린〉으로 달려갔다. 〈아린〉에 도착하자, 매니저 예슬이 호검에게 반갑게 달려와 인사를 했다.

"어머! 강 셰프님! 오랜만이에요. 보고 싶었어요!"

"하하하. 저도요, 매니저님."

호검은 학수가 홀로 내려오기 전, 주방에 들러 〈아린〉의 요리사들과도 인사를 나누었다.

"요즘 뭐 하고 지내? 언제 〈아린〉에 다시 오는 거야?"

칼판장이 호검에게 물었다.

"아, 그냥 요리 연구하고 그래요."

"오늘은 그냥 들른 거야? 사장님 뵈러?"

"오늘 스승님이랑 인터뷰 하나 하기로 했거든요."

"아, 그래? 여기서?"

"네."

"홍보도 하고 그러려고 하시는구나. 우리 사장님 그래도 많이 변하셨어. 옛날엔 방송 출연 아예 안 하시더니. 하하. 하긴, 요즘은 방송에 얼굴 좀 내밀어야 돼."

튀김장이 이렇게 말하는데, 마침 학수가 주방으로 들어왔다.

"뭐야, 다들 모여서 내 욕 하는 거야?"

"아휴, 아니에요! 호검이랑 얘기하는 거죠."

"스승님!"

호검은 반갑게 학수에게 달려갔다. 학수는 호검을 살짝 포옹하고 등을 토닥였다. 그때, 예슬이 주방 문을 열고 말했다.

"사장님, 기자분들 오셨어요!"

"어, 그래. 가자, 호검아."

학수는 호검을 이끌고 홀로 나갔다.

"아이고, 송 기자님! 와주셔서 감사합니다."

학수는 송 기자와 악수를 했다.

"하하하. 별말씀을요. 저야말로 감사하죠. 오, 강 셰프님! 처음 뵙네요. 반갑습니다."

"안녕하세요, 기자님!"

호검과 학수는 송 기자와 간단한 인사를 나눈 다음 일단 다정한 포즈로 사진부터 찍었다. 이후 사진기자는 홀 내부와 주방 등을 자유롭게 찍으러 다녔고, 송 기자는 호검과 학수를 인터뷰하기 시작했다.

"〈아린〉은 확장 이전하시고 장사 더 잘되시죠?"

"네, 잘되는 편입니다. 우리 호검이가 있었으면 더 잘됐을 테지만요. 하하하."

학수는 일부러 아예 호검이 〈아린〉에서 일을 안 하고 있다는 걸 자신의 입으로 밝혀 버렸다.

"아, 안 그래도 그걸로 말들이 좀 있던데……. 물론 제가 이렇게 직접 와서 보니 두 분 관계에 아무런 문제가 없어 보이긴 합니다만, 설명을 좀 해주심이 좋지 않을까 싶습니다."

"아하하하. 우리 호검이가 다양한 요리를 배우고 그걸로 중국 요리에 접목시켜서 새로운 요리들을 만들어내고 싶어 했거든요. 그래서 여기 저기 요리를 좀 배우고 오면 안 되냐고 저한테 조심스럽게 물었죠. 저도 그게 좋다고 생각해서 동의한 거고요."

"아, 강 셰프님의 요리에 대한 열정을 인정해 주신 거군요! 저라면 제자를 다른 사람에게 빼앗길까 봐 꼭 붙들고 놔주지 않았을 것 같은데, 특히 이렇게 대단한 제자라면요. 하하하."

"제자는 제 소유물이 아니죠. 또한 제자의 성장을 도와주는 것이 진정한 스승의 자세라고 생각합니다. 그게 꼭 제가 가르쳐 주는 것이 아니더라도요."

"이야, 정말 대인배시네요! 멋지십니다."

송 기자가 칭찬을 하자, 호검도 얼른 동조하며 학수에게 감사함을 표했다.

"네, 정말 대인배세요. 스승님 덕분에 제가 다른 데서도 열심히 요리를 배울 수 있었던 겁니다."

"그럼 지금은 어떤 요리를 배우시는 거예요?"

이제 송 기자는 호검에게 궁금한 점을 질문하기 시작했다.

"일본 요리를 조금 배웠습니다."

"아하, 일본 요리!"

"지금 처음 말씀드리는 건데요, 제가 〈셰프의 비법〉에 나가서 만든 그 거품만두가 일본 요리인 교쿠를 만들다가 아이디어가 떠오른 것이거든요."

"오! 교쿠라면 그 카스텔라 같은……."

"네, 맞습니다. 카스텔라 같은 교쿠를 만들 때 머랭(달걀흰자와 설탕을 섞은 거품 반죽)을 사용하는데요, 사실 우리가 빵 같은 걸 만들 때나 머랭을 사용하지, 요리에는 잘 사용하지 않거든요. 그런데 교쿠에 이 머랭을 사용하는 걸 보고 요리에도 사용해 보고 싶다는 생각이 들어서 거품만두를 개발하게 된 거죠."

"와, 역시 요리는 다 연결되어 있군요! 강 셰프님은 굉장히 노력하는 요리사신 것 같아요."

"제가 아직 배울 게 많으니까요. 하하하."

송 기자는 이어 학수와 호검에게 같이 요리를 하면서 재밌었던 일들이나 어려웠던 일들에 대한 것들을 물었고, 화기애애한 분위기 속에 인터뷰를 해나갔다.

"오늘 두 분을 만나 뵙고 나니 서로를 생각하는 마음이 정말 특별하시다는 걸 잘 알겠네요. 두 분은 정말 이상적인 스승과 제자 사이신 것 같아요. 그럼, 마지막으로 질문 하나만 더 드릴게요."

"네."

"강 셰프님은 그럼 언제 〈아린〉으로 돌아오실 계획인가요?"

"아하하하. 그건 확답을 드리기 어렵겠습니다. 요리라는 게 너무 방대해서요……."

호검이 답하기 곤란해하자, 학수가 끼어들었다.

"아, 제가 대신 답을 해드려도 될까요?"

"네, 그럼요!"

"전 제 밑에 우리 강 셰프를 두는 건 제 욕심 같아서요. 다른 요리를 배우고 〈아린〉으로 돌아올 게 아니라 더 넓은 세상으로 나가거나, 아니면 자기가 직접 식당을 차렸으면 좋겠습니다. 이건 스승으로서의 바람입니다."

이건 학수의 진심이었다.

"더 넓은 세상이라면, 국외를 말씀하시는 건가요?"

"네, 청출어람이란 말이 있지 않습니까? 전 우리 강 셰프가 국내에만 머물 것이 아니라 세계적인 요리사가 되면 좋겠습니다. 충분히 그럴 수 있다고 보고요."

호검은 진심으로 호검을 생각해 주는 학수에게 감동을 받았다. 그리고 송 기자 역시 그랬다.

"와, 정말 제자 사랑이 대단하십니다! 아버지가 아들을 생각하는 그런 마음 같습니다."

"스승님은 제게 아버지 같은 존재세요. 또한 제 인생의 멘토시고요."

호검과 학수는 인터뷰에서 둘의 사이가 굉장히 돈독하다는 것을 보여주었다.

송 기자와의 인터뷰는 며칠 뒤 금방 인터넷 기사로 떴고, 이 인터뷰로 인해 호검과 학수 둘 모두 이미지가 훨씬 더 좋아졌다. 사람들은 브로맨스 뺨치는 스승과 제자 사이라며 훈훈한 둘을 응원했다.

물론 둘 사이에 대한 의혹도 사라졌다. 또한 호검이 이후 다른 요리들을 배우러 가더라도 학수가 이미 허락한 부분이라는 것이 알려졌으니 별문제가 없을 것이라 호검은 마음이 편해졌다.

*　　　*　　　*

〈복스시〉는 이전하고 한 달 반 정도가 지나 어느 정도 자리를 잡았고, 호검은 이제 슬슬 그만둘까 고민을 하고 있었다.

'음, 이제는 다음 요리를 배우러 가긴 해야 하는데……. 방송 녹화 때 양혜석 명장님이 나한테 되게 잘해주셨었는데…….'

호검은 이제 궁중 요리를 배울 타이밍이 되었다는 생각이 들었다.

궁중 요리라고 하면 양혜석 명장인데, 문제는 양혜석 명장이 김민기와 친하다는 것이었다.

'김민기 셰프가 분명히 내 욕을 했을 것 같은데. 흠.'

호검은 고민을 하다가 일단 양혜석을 한번 만나나 보자고 생각했다.

그는 김 피디에게 전화를 걸어 양혜석의 연락처를 물었고, 곧바로 전화를 걸었다.

—여보세요.

"안녕하세요, 명장님! 저 강호검이라고 합니다. 통화 가능하신가요?"

—강호검? 어머, 강 셰프! 오호호호. 통화 가능해. 근데 어떻게 이렇게 전화를 다 했어?

"아, 그냥 제가 명장님을 한번 뵙고 싶어서요."

—어머, 어머! 정말? 오호호호, 나를 왜?

"저번에 월과채도 참 맛있었고, 궁중 요리는 어떤 요리들이 있는지 궁금하기도 하고요. 시간 한번 내주시면 안 될까요?"

—안 되긴! 나도 우리 강 셰프 한번 만나보고 싶었어. 그럼 언제 볼까?

양혜석은 호검에게 호감이 많았던 터라 그의 연락을 받고 굉장히 좋아했다. 그리고 최대한 빨리 약속을 잡았다.

*　　　*　　　*

며칠 후, 양혜석은 청와대에서 대통령의 저녁 식사를 준비하고 있었다.

그녀는 새 대통령이 취임한 후 최대한 새 대통령 김현문의 입맛에 맞는 음식을 만들려고 애를 썼고, 다행히 김현문은 궁중 음식을 좋아해서 그녀는 청와대 한식 조리장으로 여전히 남아 있을 수 있었다.

하지만 아직도 양혜석은 불안했다. 엊그제 양식 조리장이 바뀌었기 때문이다. 아직 다른 세 명의 조리장은 바뀌지 않았지만, 양식 조리장이 그 시작일 수도 있었으니까.

오늘 대통령의 저녁 식사 메뉴는 비빔밥과 섭산적, 뭇국에 기본 반찬 몇 가지였다.

오늘도 다행히 별문제 없이 저녁 식사가 마무리되었고, 양혜석은 퇴근 준비를 했다.

그런데, 갑자기 대통령이 그녀를 호출했다. 그녀는 퇴근 준비를 하다가 말고 다시 조리복을 입고 김현문에게로 달려갔다.

"대통령님, 부르셨습니까?"

"양 조리장, 이쪽은 내 친한 형님인데 저녁을 안 먹고 왔답니다. 그래서 뭐 좀 하나 만들어 줄 수 있나 해서요."

"아, 네."

양혜석이 조금 떨떠름한 표정으로 대답했다.

그녀는 오늘 강 셰프와 청와대 근처에서 약속이 있었기에 이 요구가 달갑진 않았지만, 어쩔 수 없는 일이었다.

"뭘 드시고 싶으신가요?"

양혜석이 김현문의 옆에 앉아 있는 허연 콧수염이 난 남자에게 물었다.

"형님, 우리 청와대 조리장들은 못 만드는 게 없으니 뭐든 말해봐요."

김현문이 웃으며 말하자, 그 형님이라는 남자가 슬쩍 미소를 지으며 양혜석에게 물었다.

"스키야키가 먹고 싶은데, 가능한가요?"

"에이, 무조건 다 가능하다니까. 양 조리장, 스키야키. 알겠죠?"

"네? 스키야키요?"

양혜석은 스키야키라는 요리를 들어본 적은 있었는데, 먹어본 적은 없었다. 그녀는 궁중 요리가 가장 우수한 요리라고 생각하고, 궁중 요리만 해온 사람이었다. 특히 외국 요리에는 관심도 없었다.

하지만 김현문이 자신 있게 말하는데 거기다 대고 못한다고 할 수는 없는 노릇이었다. 그랬다가 눈 밖에 날까 봐 걱정이었다.

"아……. 네. 잠시만 기다려 주세요."

혜석은 일단 알겠다고 하고 다시 청와대 주방으로 돌아왔다.

'어떡하지……. 스키야키가 뭐더라…….'

혜석은 호검과 약속도 있는 데다가 이런 난감한 상황까지 겹치자 머리가 터질 것 같았다.

'일단 성 조리장한테 연락해 보자.'

혜석은 일식 조리장인 성민우에게 먼저 전화를 걸었다. 그런데 그는 전화를 받지 않았다.

그녀는 점점 다급해져 갔다.

'으… 그럼 민기한테 와달라고 할까? 근데 거기서 여기까지 오려면 1시간은 걸리고… 만드는 법만 물어서 만들까?'

혜석은 일단 민기에게 전화해서 스키야키를 만드는 법을 물어보기로 했다. 그리고 그녀가 전화를 막 하려는데 호검에게서 전화가 왔다.

"어, 강 셰프."

─명장님, 어디세요? 저 여기 청와대 앞에 왔는데…….

"내가 지금 갑자기 일이 생겨……. 맞다!"

불현듯 혜석의 머릿속에 김민기가 했던 말이 스쳐 지나갔다. 호검이 일본 요리를 배운다는 바로 그 말.

혜석이 다급하게 호검에게 물었다.

"강 셰프! 혹시 스키야키 만들 줄 알아?"

*　　　*　　　*

호검은 혜석이 다짜고짜 스키야키를 할 줄 아냐고 묻자 어리둥절해서 되물었다.

—스키야키요?

"응. 저번에 김민기 셰프한테 전해 들었는데, 지금 일식집에서 일한다고……. 혹시 할 줄 알아?"

—아, 네. 만들 줄 알아요.

"오, 다행이야! 마침 잘됐어!"

혜석의 얼굴에는 다시 화색이 돌았다.

—그런데 그건 갑자기 왜……?

"아, 지금 좀 만들어 줬으면 좋겠어서. 급하거든."

—지금이요? 어디서 말씀이세요?

"청와대 주방에서!"

—네에?

호검은 깜짝 놀라 소리를 질렀다. 그러고는 말문이 막혔는지 아무 말이 없었다.

"출입 절차 밟아야 하니까 지금 당장 연풍문으로 와. 내가 그리로 갈게. 끊어."

—아, 네…….

혜석은 전화를 재빨리 끊고 얼른 연풍문으로 향했다.

한편, 호검은 전화를 끊고도 잠시 멍하니 서 있었다.

'갑자기 스키야키는 왜? 그리고 청와대 주방이면……. 설마,

대통령 식사를? 헐……'

호검은 대통령을 만날 수도 있다는 생각이 들자 갑자기 긴장이 되었다.

'아냐, 직접 만날 일은 없을 거야.'

그는 호흡을 가다듬고 일단 혜석이 오라고 한 연풍문으로 갔다. 연풍문 근처에 다다르자, 혜석이 호검을 보고 손을 흔들며 소리쳤다.

"강 셰프, 여기! 빨리 와!"

"안녕하세요, 명장님."

호검은 양혜석에게 고개를 숙여 인사한 다음, 얼른 그녀에게로 달려갔다.

"지금 급해. 얼른 신분증 꺼내봐."

혜석은 호검의 신분증을 빼앗듯 낚아채더니 검색대 직원에게 넘기며 말했다.

"청와대 주방 방문 예정이고요, 제 지인이에요."

"아, 네, 조리장님."

검색대의 직원은 호검의 신분증을 확인하더니 활짝 웃으며 호검에게 알은척을 했다.

"강 셰프님 맞으시네! 긴가민가했는데……. 와, 팬이에요!"

"아, 감사합니다!"

"요리하시는 모습이 아주 멋지시더라고요. 아, 근데 또 방송에는 안 나오세……."

검색대 직원이 질문을 하는데, 양혜석이 얼른 그의 말을 끊었다.

"지금 급하거든요? 그 얘기는 이따가 물어보시고, 얼른 출입증 좀 주세요!"

"아, 네."

검색대 직원은 멋쩍게 웃으며 호검에게 간이 출입증을 주었다. 호검이 출입증을 목에 걸자마자, 혜석은 호검의 팔을 끌고 빠른 걸음으로 이동하기 시작했다.

질질 끌려가다시피 혜석에게 이끌려 도착한 곳은 역시 청와대 주방이었다.

주방에 도착하자, 혜석은 가장 먼저 시간을 확인하더니 호검에게 물었다.

"20분 내로 스키야키 만들 수 있겠어?"

"뭐… 재료만 있으면 가능할 것 같아요. 근데 갑자기 왜……?"

갑작스럽게 혜석이 호검에게 스키야키를 만들라고 하니 호검은 궁금한 점이 많았다. 그래서 좀 물어보려고 했지만, 다급한 혜석의 귀에 호검의 질문이 들릴 리 없었다. 혜석은 오로지 스키야키를 빨리 만들어내야 한다는 생각에 요리 이야기만 했다.

"재료는 이쪽으로 따라와… 아니다, 재료 불러봐. 내가 가져다줄게."

호검은 여기 주방의 구조나 재료가 어디에 있는지 모르니 자기가 직접 가져다주는 편이 나을 것이란 생각이 든 것이다.

"음, 일단 소고기는 샤브샤브용으로 얇게 썰린 고기가 필요한데, 채끝이나 차돌박이도 상관없어요."

"응, 알겠어. 얇게 썬 소고기. 그리고?"

"그리고 대파랑 배추, 표고버섯, 팽이버섯, 두부, 계란, 쑥갓… 가쓰오부시(가다랑어 가루)랑 다시마, 맛술이요. 음, 혹시 실곤약이 있으면 좋은데, 있을까요?"

"실곤약? 내가 한번 찾아볼게. 여기 앞치마! 손 씻고 대기하고 있어."

혜석은 호검이 말해준 재료들을 되뇌며 냉장고로 향했다.

"두부, 계란, 맛술……."

호검은 혜석이 재료를 가지러 간 사이 앞치마를 두르고 전골냄비와 칼, 그릇 등을 찾아 요리할 준비를 해두었다.

잠시 후, 혜석은 재료를 한아름 안고 다시 나타나 도마 옆에 놓았다.

"실곤약은 없고, 그냥 묵처럼 덩어리로 된 곤약은 여기 있어."

"아, 그럼 이걸 채 썰어서 쓰면 되겠네요."

"샤브샤브용 고기는 이건데, 등심인 것 같아."

"등심도 괜찮아요. 음……."

호검은 혜석이 가져온 재료들을 하나씩 확인하고는 본격적으로 요리를 시작했다. 그는 먼저 냄비에 물과 다시마를 담아 가스 불에 얹어놓았다. 그리고 파를 씻으려고 했는데, 혜석이 얼른 와서 호검에게서 파를 빼앗으며 말했다.

"바쁘니까 재료 손질은 내가 할게. 파 씻어서 어떻게 썰어 줄까?"

사실 혜석의 제자 두 명이 혜석을 도와 청와대 주방에서 일을 하고 있었는데, 아까 퇴근 시간에 제자 두 명을 모두 보낸 지라 재료 손질을 도와줄 보조 요리사가 없었다. 그래서 혜석이 직접 재료 손질을 돕겠다고 한 것이다.

"아, 알겠습니다. 파는 흰 부분만 조금 두껍게 어슷썰어주세요."

"알겠어. 일단 난 파부터 다듬을 테니까 다른 거 시킬 거 있으면 나한테 말해."

"네."

혜석은 파를 씻으려고 싱크대로 향하는데, 갑자기 까만 정장을 입고 귀에 무언가를 꽂은 건장한 젊은 남자가 주방으로 걸어 들어왔다. 호검이 표고버섯 밑동을 떼다가 손을 멈추고 그를 쳐다보았다.

'와, 대통령 경호원인가?'

그 남자는 혜석에게 다가와 또박또박한 말투로 물었다.

"조리장님, 대통령님께서 식사가 나오려면 얼마나 걸리는지 궁금해하십니다."

"아, 음, 2~30분 정도 걸릴 것 같은데, 혹시 급하시대요?"

"그건 잘 모르겠습니다. 일단 그렇게 전하겠습니다."

"대통령님께서 지금 무얼 하고 계신가요?"

"지인분과 함께 차 드시면서 대화 중이십니다."

"아, 네. 알겠습니다. 최대한 빨리 식사 준비하겠다고 전해 주세요."

"네!"

남자는 시원스럽게 대답을 하고 주방을 나갔다.

호검은 그 남자의 말을 듣고 지금 호검이 만드는 스키야키가 대통령의 저녁 식사로 대접하는 요리라는 확신이 들었다.

물론 호검이 청와대 주방으로 들어올 때부터 예측한 바였지만, 이렇게 확인이 되고 나니 그는 더 긴장이 되었다. 호검은 칼을 쥔 손에 자꾸 땀이 나는 것 같아 앞치마에 손을 연신 닦아가며 표고버섯 갓에 별 모양의 칼집을 넣었다.

혜석은 파를 씻어 어슷썰었고, 호검은 표고버섯을 다 손질하고 이제 묵처럼 덩어리로 된 곤약을 꺼냈다. 그런데 또다시 주방 문이 열리며 아까 그 남자가 다시 들어왔다.

"조리장님, 천천히 준비해 주셔도 된답니다. 지인분이 아주 시장하신 건 아니시라고요."

"아, 그래요? 휴우. 전 또다시 오시기에 더 빨리 준비하라고 하는 줄 알고 긴장했네요."

혜석은 안도하며 긴장을 좀 풀었다.

"참, 대통령님은 금방 저녁을 드셔서 안 드신답니다."

"아, 대통령님은 원래 소식하시니까……. 알겠습니다."

"그럼 전 이만 다시 나가보겠습니다."

그 남자는 살짝 미소를 지으며 묵례를 하고 나갔다.

'이건 그럼 대통령님은 안 드시고, 대통령 지인분만 먹는 거구나!'

호검도 살짝 긴장이 풀렸다.

"그나마 다행이야. 그래도 얼른 준비하자. 다음에 뭐 할까?"

"아, 여기 배추랑 쑥갓 씻어주시겠어요?"

호검이 곤약을 채 썰며 말했다.

호검의 말에 혜석은 배추와 쑥갓을 씻었고, 호검은 채 썬 곤약을 데치려고 물을 끓이기 시작했다.

가스 불에 물을 얹은 호검은 그 바로 옆에 있는 다시마를 우리고 있는 냄비를 확인했다.

호검이 보니 다시마를 넣은 물이 막 끓으려고 하고 있었다.

그는 물이 끓기 전에 얼른 다시마를 건져내고 가쓰오부시(가다랑어 가루)를 넣고 한번 저어준 다음 가스 불을 껐다.

호검이 지금 만든 국물은 일본 요리에서 사용하는 기본 다시 국물 중 하나로 이찌반다시(일 번 다시)였다. 이것은 만들 때 물이 끓지 않아야 한다는 점이 중요했다. 다시마는 끓이게 되면 특유의 냄새가 나고, 끈적끈적한 점액이 나오기 때문이다.

호검은 가쓰오부시 국물을 잠시 그대로 두고 곤약을 데친 후, 두부를 노릇하게 구웠다.

잠시 후, 스키야키에 들어갈 재료가 모두 준비되자, 호검은 전골냄비에 기름을 두르고 샤브샤브용 소고기를 펼쳐 굽기 시작했다. 고기가 살짝 익자, 설탕과 맛술, 간장을 부은 다음 냄비의 한쪽으로 고기를 모아두었다. 그리고 나서 쑥갓을 뺀 나머지 재료들을 전골냄비에 둘러 담았다.

"이제 곧 내갈 거예요."

"다 된 거야?"

"거의요. 아, 근데 이건 직접 끓이면서 먹는 거라서 휴대용 가스레인지가 필요한데……."

"핫플레이트 있어. 그거 쓰면 돼. 난 밥 풀게."

"네, 그거면 되겠네요!"

혜석은 밥 한 공기를 폈고, 호검은 전골냄비에 가쓰오부시 국물을 조금만 둘러 부었다. 호검은 국물이 살짝 끓어오르자

한가운데에 쑥갓을 얹고 뚜껑을 덮었다. 그리고 이어 빈 그릇에 계란 한 개를 깨어 넣었다.

"다 됐습니다! 이제 가지고 나가시면 돼요. 가지고 가셔서 바로 드시면 될 거예요."

혜석은 그사이 김치와 장아찌 등 몇 가지 기본 반찬을 담고 있었다. 그녀는 호검이 깨놓은 계란을 보더니 물었다.

"이 계란은 뭐야? 마지막에 여기 전골에 두르는 거야?"

"아, 스키야키는 요 전골에 끓인 재료들을 건져서 계란 물에 적셔 먹거든요. 소스에 찍어 먹는 것처럼요."

"날계란 물에? 흠, 좀 비릴 것 같은데."

혜석은 날계란 물에 재료를 찍어 먹는다는 게 별로 마음에 들지 않는 모양이었다.

"뭐, 또 이거 좋아하는 분들은 잘 드세요. 원래 그런 요리니까요. 날계란이 간장이 배어서 짭쪼름해진 재료들의 맛을 중화시켜 주는 역할도 하고요."

"나도 나중에 먹어보긴 해야겠네. 아무튼, 다 준비된 거지?"

"네!"

"수고했어. 일단 얼른 이거 가져다 드리고 올게."

혜석은 아까 그 경호원을 불러 핫플레이트와 준비된 요리를 들고 나갔다.

호검은 주방 한쪽에 놓인 의자에 털썩 주저앉아 잠시 숨을

고르더니 금방 다시 자리에서 일어섰다. 그리고 주방 정리를
하기 시작했다.

한편, 스키야키를 가지고 나간 혜석은 매우 긴장해 있었다.
자신이 한 요리가 아닌 데다가 혜석은 스키야키에 대해서도
잘 모르니 더 긴장이 되었다.

"오, 다 됐군요!"

혜석이 핫플레이트 위에 전골냄비를 내려놓자, 대통령 김현
문이 반갑게 요리를 맞았다.

그리고 이 요리를 원했던 김현문의 지인인 신중익도 활짝
웃으며 전골냄비에 시선을 고정시켰다. 혜석은 살짝 목례를
하며 전골냄비의 뚜껑을 열었다.

"와, 냄새 좋네요! 이거예요, 바로 이거!"

신중익은 신이 나서 젓가락을 들었다.

신중익은 익숙한 손놀림으로 계란 노른자를 깨서 막 휘젓
더니 이어 전골냄비로 젓가락을 가져갔다. 그는 고기와 팽이
버섯, 파를 한 번에 집어 날계란 물에 푹 담갔다. 그리고 날계
란 물을 잔뜩 적셔 입에 집어넣었다.

'맛있으려나? 맛있어야 하는데……'

혜석은 중익의 눈치를 보며 옆에 서 있었다.

"어때요, 형님?"

김현문이 눈을 감고 입을 오물오물 거리는 중익에게 슬쩍

물었다.

중익은 천천히 맛을 음미하다가 눈을 번쩍 떴다.

"역시, 청와대 조리장은 다르네요! 정말 맛있어요!"

중익의 극찬에 혜석은 안도해서 표정이 밝아졌다.

"오호호호. 감사합니다!"

중익은 혜석의 솜씨에 반했다는 듯 박수를 치며 자리에서 일어서더니 그녀에게 악수를 청했다.

"양 조리장님이라고 하셨죠?"

"네. 오호호호."

"청와대에 자주 들르고 싶네요. 하하하. 못 그러겠지만요."

김현문은 일단 자신의 지인의 입맛을 만족시켰다는 것도 기뻤고, 또한 자신의 식사를 담당하고 있는 요리사가 이 정도 실력이라는 걸 보였다는 점에서 뿌듯했다.

"아하하. 형님, 대통령의 식사를 책임지고 있는 조리장입니다. 이 정도는 기본이죠. 우리 양 조리장님은 한식 파트를 담당하시는데, 궁중요리 명장이시거든요."

김현문이 웃음기 가득한 얼굴로 양혜석을 한껏 치켜세웠다.

"오, 역시! 근데, 한식 명장님이신데 일본 요리인 스키야키도 잘 만드시네요? 대단하시구나."

중익의 칭찬에 혜석은 살짝 양심이 찔렸다. 그녀는 자신이 만든 게 아니라고 말을 해야 할지 말아야 할지 잠시 고민했다. 그러는 와중에 김현문이 자기도 한 입 먹어보고 싶다면서 젓가락을 들었다.

"난 저녁을 먹어서 안 먹으려고 했는데, 형님이 너무 맛있다니까 궁금하잖아요. 흠, 근데 난 날계란 물은 싫은데……. 양 조리장, 이거 뭐 다른 거 찍어 먹을 소스 없어요?"

"네? 아, 그건……."

현문의 갑작스러운 질문에 양혜석이 당황해서 머뭇거렸다.

*　　　*　　　*

현문은 혜석의 대답을 기다리며 그녀를 쳐다보았다.

'음, 그런 게 있나? 맛간장에 고추냉이? 아니면 칠리소스? 그런 게 샤브샤브를 찍어 먹는 소스긴 한데……. 강 셰프가 알려나?'

혜석은 잠시 눈을 굴리며 생각을 짜내다가 현문에게 말했다.

"아, 제가 지금 가서 다른 소스를 만들어 와볼게요."

"그래요. 그럼 기다리고 있죠. 형님, 형님은 어서 드세요."

"아, 네, 대통령님."

중익은 현문보다 나이가 많았지만, 현문이 대통령이 된 후로는 맞존대를 했다.

혜석은 중익이 한 젓가락 더 떠먹는 것까지만 보고 곧장 주방으로 달려갔다.

그녀는 주방으로 들어서자마자 강 셰프를 불렀다.

"강 셰프! 혹시 날계란 물 말고 스키야키 찍어먹을 소스 알고 있는 거 있어?"

"왜요? 날계란 물 싫으시대요?"

호검은 의아한 듯 물었다. 스키야키를 먹는 사람은 날계란에 먹는 걸 좋아하는 경우가 많았기 때문이다.

"아, 대통령님 지인분은 좋아하시는데, 대통령님이 한번 드셔보고 싶다고 해서서. 근데, 대통령님은 날계란 물이 싫다시네. 그래서 다른 소스 없냐고 물으서. 혹시 다른 소스 있어?"

호검은 씻던 도마와 칼을 옆에 내려놓고 잠시 고민하는 듯하더니 입을 열었다.

"음, 다른 소스는, 아! 혹시 마 있나요?"

"마? 오늘 점심에 마 구이 하고 남은 게 있을 거야!"

혜석은 얼른 마를 찾아다 호검에게 주었다. 호검은 강판에 마를 갈아 종지 두 개에 나눠 담고 각 종지 한 귀퉁이에 고추냉이를 곁들여 놓았다. 대통령의 지인도 분명 맛보고 싶어 할 것 같아서 일부러 두 개를 만든 것이다.

"여기요."

"이게 다야? 간이나 뭐 그런 건 안 해?"

"네, 스키야키의 고기나 채소들은 이미 간장 간이 배어서 좀 짜거든요. 그래서 간 안 해도 돼요. 요 마 간 거에 고추냉이를 원하시는 만큼 섞어서 찍어 드시면 된다고 전해주세요."

"오, 알겠어. 고마워."

혜석은 얼른 마소스가 담긴 종지를 가지고 다시 나갔다.

그녀가 현문 앞에 마소스를 내려놓자, 현문은 궁금한 눈빛으로 그녀에게 물었다.

"이건 무슨 소스인가요, 양 조리장?"

"마소스예요. 고추냉이를 조금 섞어서 스키야키를 찍어 드시면 됩니다."

"오, 마!"

"마소스라……. 저도 맛이 궁금하네요."

현문과 중익은 각자 고추냉이를 원하는 만큼 마소스에 섞고 스키야키의 고기와 채소를 듬뿍 찍어 입에 넣었다.

"와, 이거 정말 잘 어울리네요. 담백하고, 맛있어요. 그쵸, 형님?"

"으음! 날계란 물과는 또 다른 맛이네요. 근데 맛있네! 하하하."

현문은 만족스러워하며 마소스에 스키야키를 찍어 먹었고, 중익은 스키야키를 한 번은 날계란 물에, 또 한 번은 마소스에 번갈아가면서 찍어 먹었다.

현문과 중익이 둘 다 좋아하자, 혜석도 기분이 매우 좋아서 함박웃음을 지으며 그들이 먹는 모습을 지켜보고 있었다.

"이거 먹으러 정말 청와대에 자주 오고 싶네요. 하하하."

"아유, 그럼 오시면 되죠! 우리 양 조리장은 여기 주방에 계속 있을 테니까요."

혜석은 현문의 말에 굉장히 안심이 되었다. 물론 현문이 한식을 좋아하고, 또 혜석의 음식을 좋아하긴 했다. 하지만 아직 그녀는 대통령 임기 초라 갑자기 잘릴지도 모른다는 불안감이 남아 있었다. 그런데 오늘 이렇게 현문이 대놓고 확실한 말을 해주니 그녀는 마음이 한결 가벼웠다.

'이게 다 강 셰프 덕분이야. 이 보답을 어떻게 하지?'

일단 이렇게 된 이상 호검이 스키야키를 만들었다고 말할 수는 없었다. 이걸로 자신의 입지를 잘 다진 것 같은데, 호검의 요리라고 한다면 말짱 도루묵이 되는 것이니 말이다.

혜석은 잠시 현문과 중익이 잘 먹는지 보다가 다시 주방으로 돌아왔다.

"강 셰프! 대통령님이 정말 좋아하셨어! 고마워, 다 강 셰프 덕분이야."

"다행이네요. 근데, 처음부터 궁금했는데, 일식 담당 요리사 분들은 없나요?"

"아, 있는데, 메뉴에 맞춰서 돌아가면서 근무하거든. 마침 오늘은 일식 조리장님이 안 나오는 날인데, 갑자기 대통령님 지인분이 오셔서 스키야키를 드시고 싶다고 한 거야."

"아하. 그렇게 된 거였군요."

"음, 근데, 미안한데, 내가 이 스키야키를 강 셰프가 만든 거라고 말을 못 했어."

"뭐, 전 명장님을 도와드린 것만으로도 영광입니다. 제가 언제 이런 청와대 주방에 와서 요리를 해보겠어요? 하하하."

호검이 대수롭지 않게 말하자, 혜석은 호검에게 더 미안했다. 그리고 그의 욕심 없는 성격이 마음에 들었다.

"강 셰프는 참 사람이 좋아."

혜석은 호검에게 어떤 보답을 해줘야 할까 고민에 빠졌다. 그러다 문득 중익이 얼마나 자주 올지는 모르지만 앞으로 그가 올 때마다 스키야키를 내놓아야 할지도 모른다는 생각이 들었다.

'내가 강 셰프한테 이거 만드는 걸 배우면 되지만……. 그래, 일단…….'

고민하던 혜석은 결심을 했다. 그리고 호검에게 말했다.

"강 셰프, 옷매무새 좀 잘해봐. 앞치마 벗고. 머리도 단정히

하고……."

혜석이 호검의 머리를 손으로 잘 매만져 주며 말했다.

"네? 왜요?"

"혹시 내 밑에서 요리 배워볼 생각 있어? 궁중요리 말이야."

혜석이 다짜고짜 호검에게 묻자, 호검은 놀라서 눈이 휘둥그레졌다.

"정말요? 진심이세요? 네! 배우고 싶어요!"

호검은 거절할 이유가 하나도 없었다. 안 그래도 궁중요리 명장인 혜석에게 요리를 배우고 싶었으니까.

"근데 지금 다니는 일식집 그만둘 수 있어?"

"네, 그건 걱정 마세요. 가능할 거예요."

기복의 〈복스시〉는 워낙 명당자리인 데다가 기복의 요리 솜씨도 좋고, 거기다 유 회장이 빵빵하게 밀어주고 있어서 벌써 자리가 잡혀 있었다.

호검이 고개를 세차게 끄덕이며 말하자, 혜석이 다시 한 번 말했다.

"좋아. 일단 앞치마 벗어."

"네."

호검이 혜석의 말대로 앞치마를 벗자, 혜석은 호검을 이끌고 주방 문 앞으로 왔다. 그리고 잠시 멈춰 서더니 호검에게 당부하기 시작했다.

"자, 내가 지금 강 셰프를 대통령님께 소개할 거야."

"네? 대통령님께 저를요?"

호검은 깜짝 놀라 큰소리가 저절로 입 밖으로 튀어나왔다.

"응. 혹시라도 무슨 질문을 하면 또박또박 잘 대답하면 되고, 잘 모르는 질문은 내가 알아서 대답해 줄게. 알겠지?"

"네…… . 근데 갑자기 왜……?"

방금 전에 호검에게 미안하다고 하더니 갑자기 호검을 대통령에게 소개시켜 주겠다고 하니 호검은 이해가 잘 가지 않았던 것이다.

"나한테 요리 배우고 싶다며? 이렇게 얼굴 도장이라도 찍어 놔야 나중에 내 밑으로 들어오기 쉽잖아. 가자."

호검은 얼떨떨한 표정으로 고개를 끄덕이고는 혜석을 따라 나섰다.

혜석은 호검을 데리고 현문과 중익 옆으로 가서 먼저 호검에게 인사를 시켰다.

"안, 안녕하세요, 대통령님."

호검이 긴장해서 말을 더듬으며 인사를 하자, 현문과 중익은 고개를 들고 어리둥절한 표정으로 혜석을 쳐다보았다.

"양 조리장, 이 청년은 누구……? 가만있어 봐, 어디서 봤는데?"

"그, 왜, 중화요리 프로그램 하나 있었잖아요. 요리 대결 하는 거. 거기에서 1등한 셰프의 제자 아니에요?"

중익이 호검을 알아보고 반가운 표정을 지으며 소리쳤다.

"오? 그런가?"

현문이 눈을 동그랗게 뜨고 호검과 혜석을 번갈아 쳐다보자, 혜석이 호검 대신 대답했다.

"오호호호, 맞습니다. 강호검 셰프입니다. 제가 이 친구와 방송 프로그램을 같이 해서 친분이 좀 있어요. 오늘 절 만나러 여기 왔다가 저와 이 스키야키를 함께 만들었거든요. 그래서 소개를 해드리려고요. 방송에서 보셔서 아시겠지만, 아주 실력 있는 친구예요."

"오, 그래요? 키도 훤칠하고 잘생겼네! 이름이 강호검이라고? 반갑네."

현문이 손을 내밀었고, 호검은 조심스럽게 대통령의 손을 잡았다.

"실력이 대단한 두 분이 함께 만드셔서 다른 스키야키보다 훨씬 맛있는 거군요! 아하하하. 나도 반가워, 강 셰프."

중익도 호검에게 인사를 건넸다. 그러더니 곧 현문에게 말했다.

"아니, 근데 그럼 내가 이 맛있는 스키야키를 맛보려면 이 강호검이란 요리사도 있어야 하는 것 아닌가요? 허허허."

"음, 그건 차차 생각해 보죠, 형님."

현문은 호검을 천천히 살피며 말했고, 혜석은 일단 얼굴 도장은 찍었으니 되었다고 생각했다.

"뭐 더 필요하신 거 있으신가요?"

"난 괜찮은데, 형님은요?"

"음……"

중익이 살짝 고민을 하는 듯하자, 호검이 얼른 나서서 물었다.

"거의 다 드신 것 같은데 우동 말아드릴까요?"

호검의 질문에 혜석은 당황했다. 우동이 있는지 확인도 못했고, 또 여기 우동을 말아 먹는다는 것도 몰랐기 때문이다. 하지만 중익은 활짝 웃으며 대꾸했다.

"좋네! 지금 내가 그걸 해달랄까 말까 고민 중이었어. 하하."

"그럼 바로 가져올게요."

호검과 혜석은 얼른 다시 주방으로 돌아왔다. 혜석은 주방으로 들어가면서 호검에게 물었다.

"근데 우동 면이 있는지 확인부터 했어야 하는데……"

"여기 있어요! 실은, 제가 아까 명장님 나가셨을 때 냉장고 좀 뒤져봤거든요. 죄송해요. 이게 스키야키 마지막에 우동을 먹기도 해서, 우동 면이 있는지 찾아보느라고……"

"아, 그랬어? 괜찮아, 잘했어."

호검은 얼른 가쓰오부시(가다랑어 가루)국물과 우동 면, 샤브샤브용 등심 고기와 배추를 접시에 담았다. 호검이 아까 보니 건더기는 거의 없어져서 고기와 채소를 조금 더 넣고 우동을 끓이는 것이 좋을 것 같았기 때문이다.

호검과 혜석은 재료들을 가지고 다시 현문에게로 와서 스키야키 냄비에 가져온 국물과 재료를 몽땅 넣었다.

"이제 한소끔 끓으면 드시면 됩니다."

"내가 고기 좋아하는 걸 어찌 알고 고기도 더 가져왔네? 젊은 친구가 센스가 있구만. 허허허."

"고기와 채소를 우동과 함께 드시는 게 더 맛있거든요."

호검이 멋쩍게 대답했고, 중익은 만족스럽다는 듯 고개를 끄덕였다.

곧 국물이 끓자, 중익은 신나게 우동을 후루룩 후루룩 흡입하기 시작했다.

"으아, 맛있네! 국물이 끝내주네. 허허. 대통령님도 한 젓가락 드셔보세요."

"딱 한 젓가락만 먹어볼까요?"

현문도 입맛을 다시더니 결국 젓가락을 들었다.

후룩.

현문은 우동을 한 젓가락 먹더니 숟가락으로 국물도 떠먹었다. 그리고 맛있다는 듯 고개를 끄덕였다.

"아, 나 오늘 너무 많이 먹네. 이거 맛있어서 큰일인데요? 하하하."

현문과 중익의 칭찬에 호검은 기분이 날아갈 듯 좋아서 방긋 웃었다. 그 뒤로 현문은 국물을 몇 번 더 떠먹었고, 그러면서 자꾸만 호검을 쳐다보았다.

두 사람이 맛있게 우동을 먹는 것을 보던 혜석은 호검을 다시 데리고 가려 했는데, 현문이 문득 물었다.

"자네는 중식 요리사지?"

"아, 네. 그렇지만 다른 요리들도 조금씩 할 줄 압니다."

"젊은 친구가 아주 재주가 많나 보네? 맞다, 이 스키야키도 일본 요리지. 음, 그럼 일본 요리도 잘하나 봐, 그렇지?"

중익이 끼어들어 물었다.

"그냥 조금 합니다."

호검이 겸손하게 대답했다. 그러자 현문은 들릴 듯 말 듯한 목소리로 중얼거렸다.

"내일 성 조리장이나 안 조리장 오면 보조 안 필요한지 물어나 볼까……?"

현문이 말하는 성 조리장은 일식 조리장이었고, 안 조리장은 중식 조리장이었다. 현문의 말에 혜석은 깜짝 놀라 얼른 말했다.

"대통령님, 강 셰프는 한식도 잘하는데, 제가 보조로 두면
안 될까요?"

"양 조리장이?"

현문이 눈을 크게 뜨고 혜석을 쳐다보았다.

5. 청와대 한식 세계화 요리 대결

　호검 또한 갑작스럽게 일이 이렇게 돌아가자 당황해서 혜석을 쳐다보았다.

　'으잉? 이렇게 빨리?'

　혜석도 호검을 다른 조리장에게 빼앗길지도 모른다는 급박함에 일단 질렀지만, 스스로도 너무 앞서 나간 것 아닌가 싶었다. 그녀는 얼른 웃으며 말을 덧붙였다.

　"네. 아, 강 셰프를 여기 청와대 요리사로 꼭 쓰시고 싶으시다면 말이에요."

　"음, 그래요. 그게 나을 수도 있겠네요. 성 조리장이나 안 조리장한테는 의사도 물어봐야 하고 그러니까…….”

현문은 고개를 끄덕이며 긍정적인 반응을 보였다.

“오, 그럼 나한테도 좋은 거네요. 으하하. 하긴 이 정도 실력인데 청와대에서 안 쓰면 아깝죠. 대통령님, 안 그래요?”

옆에서 가만히 듣고 있던 중익이 싱글벙글 웃으며 현문을 부추겼다.

“일단 생각 좀 해봅시다. 양 조리장 생각은 잘 알겠어요. 아, 형님, 다 드셨어요?”

현문이 텅 비어 있는 스키야키 냄비를 보고 중익에게 물었다.

“어어, 잠깐만요.”

중익은 얼른 덜어 먹은 그릇에 남은 국물을 홀랑 들이켰다. 그러고는 빈 그릇을 내려놓으며 말했다.

“다 먹었어요. 잘 먹었습니다, 명장님. 강 셰프도.”

“아, 네. 오호호호.”

“그럼 이거 가져가요. 그리고 얼른 퇴근해야죠? 강 셰프도 나중에 또 봅시다.”

혜석과 호검은 깨끗이 비워진 냄비와 그릇들을 가지고 주방으로 돌아왔다.

“후우. 대통령님이 강 셰프를 마음에 들어 하시는 것 같은데? 곧 여기 청와대로 오게 될지도 몰라. 그니까 거기 일식집은 그만둘 준비를 하는 게 좋을 거야."

"아, 네."

호검은 현문이 그냥 해본 소리일 수도 있다고 생각했지만, 혜석은 현문의 말을 굉장히 신뢰하는 듯했다. 혜석은 오늘 위기 상황도 잘 넘긴 데다가 호검을 보조로 뽑을 수 있게 되어서 기분이 매우 좋았다.

"오호호호. 이제 설거지만 하고 우리도 저녁 먹으러 가자. 긴장 풀리니까 허기지네."

"네, 저 설거지 되게 빨리 잘해요! 얼른 제가 할게요!"

호검과 혜석은 후다닥 설거지를 마치고, 한 이탈리아 레스토랑으로 이동했다. 호검이 혜석을 대접하기 위해 일부러 이탈리아 레스토랑으로 그녀를 데려온 것이다.

"어머, 이런 데 엄청 비쌀 텐데, 좀 싼 데로 가지."

혜석은 말은 이렇게 했지만, 입가엔 미소가 가득했다.

"여기 그렇게 안 비싸요. 명장님이 한식은 많이 드셔보셨을 것 같아서 일부러 여기로 모셨어요. 여기 맛있거든요. 코스 요리로 한번 드셔보세요."

호검은 이태리 요리에 관해서도 빠삭하게 아니 메뉴판을 보면서 요리들에 대해 차근차근 설명을 해주었다.

"이 뻬쉐(pesche)라는 건요, 이탈리아어로 생선이란 말인데요. 토마토와 해산물이 들어간 국물이 있는 스프를 말해요. 빼쉐 파스타는 보통 국물이 있는 토마토 해산물 파스타를 말하는 거고요. 요기 그랑끼오는 게를 말하는 거예요. 그리고……"

호검이 이탈리아 요리에 관해서 설명을 줄줄 읊자, 혜석은 놀라워하며 물었다.

"오호호호, 강 셰프는 이태리 요리에 관해서도 잘 아나 봐? 중국 요리에, 일본 요리에, 이태리 요리까지……. 대단하네!"

"아, 살짝 배운 적이 있어서 그냥 조금요……."

"그럼 모르는 요리는 도대체 뭐야?"

"모르는 요리요? 있죠! 궁중요리요. 하하하."

호검이 넉살 좋게 말하자, 혜석이 좋아하며 큰 소리로 웃어 댔다.

"오호호호. 그럼 그것도 배워야겠네! 이렇게 요리에 대한 욕심이 많은데 배워야지! 내가 잘 가르쳐 줄게."

"감사합니다, 명장님!"

"아, 여기 이 감베로니라는 건 뭐야?"

호검은 혜석에게 메뉴도 설명해 주었고, 이태리 코스 요리를 맛있게 먹으며 대화를 나눴다. 혜석은 맵지 않고 고소한 맛의 요리가 많다며 입맛에 맞는다고 좋아했다. 호검은 음식이 나올 때 마다 요리에 대한 설명도 해주었고, 혜석은 요리

쪽에 박학다식한 호검을 칭찬하며 그의 이야기를 경청했다.

한참 식사를 하던 중, 호검이 조심스럽게 혜석에게 물었다.

"김민기 셰프님이요, 저에 대해 무슨 말씀 안 하시던가요?"

"김 셰프가? 아, 아까 말했듯이 강 셰프가 일식집에서 일한다는 말만 했어. 왜?"

"아, 아니에요. 그냥……."

호검은 김민기가 자신에 대해 험담을 늘어놓았나 싶어 슬쩍 물은 것인데, 별말 없었다니 그냥 말을 얼버무렸다. 그런데 혜석이 자기 마음대로 추측해서 호검에게 물었다.

"아하. 그때 녹화에서 김 셰프보다 눈꽃튀김을 더 잘 만들고 그래서 혹시 김 셰프 기분이 상한 게 아닌지 걱정됐구나?"

"뭐… 그런 것도 있고……."

"아휴, 뭐 그런 걸 걱정해. 이렇게 착해서 어떻게 이 험한 세상을 살라고 그래? 그리고 김 셰프 그렇게 속 좁은 사람 아니야. 오호호호."

"네. 하하."

호검은 멋쩍게 웃었다. 호검이 보니 혜석은 순진한 구석이 많은 듯했다. 그리고 웬만해서는 사람들을 다 좋게 보는 경향이 있는 것 같았다.

'되게 착하시구나. 요리 명장 같은 분들은 되게 깐깐하고 무서울 줄 알았는데.'

호검은 오늘 혜석을 만난 덕분에 그녀를 곤란함에서 구해 주고 자신은 좋은 기회를 얻게 된 것 같아 기분이 들떴다. 혜석 역시 안 그래도 탐나던 호검을 만나서 자신의 밑에 둘 기회가 생겨서 기뻤다.

＊　　　＊　　　＊

며칠 후, 대통령 김현문이 영부인 박희영과 점심 식사를 하고 있었다. 현문은 슬쩍 호검의 이야기를 하려고 말을 꺼냈다.

"부인, 내가 양 조리장 밑에 보조 요리사를 하나 더 두려고 하는데……."

"왜요? 양 조리장 밑에 두 명이면 충분하잖아요. 다른 조리장들도 보조 요리사가 3명인 경우는 없잖아요."

희영의 반응은 떨떠름했다. 하지만 희영의 말도 맞았다. 각각의 조리장들 밑에는 2명의 보조 요리사만 있었다.

"음, 그렇긴 하지……."

"여보, 주방은 원래 여자들이 알아서 하는 거잖아요?"

희영이 한껏 부드러운 말투로 현문에게 물었다.

"그, 그렇지."

"그럼, 청와대 주방은 누가 알아서 하는 거죠? 안주인인

나죠?"

희영의 확인하는 듯한 질문은 주방 일을 모두 자신에게 맡기라는 뜻이었다. 현문도 그 말귀를 알아듣고 대답했다.

"뭐, 알았어요. 근데, 꽤 괜찮은 요리사가 하나 있길래……."

"괜찮은 요리사라고 다 뽑고 그러면 청와대 주방에 요리사가 한도 끝도 없이 늘어나잖아요. 안 그래요?"

"알았어요."

희영의 틈을 주지 않는 속사포 공격에 결국 현문은 포기하고 더 이상 말을 하지 않았다. 잠시 밥만 먹는 침묵이 이어지다가 이번엔 희영이 먼저 말을 꺼냈다.

"음, 말이 나왔으니까 하는 말인데, 내가 요리 관련해서 뭔가 좀 국익에 도움이 되는 걸 생각해 봤거든요."

"국익?"

"네, 나도 영부인인데 나라를 위해서 뭔가 해야 하지 않겠어요? 그래서 생각해 봤는데, 한식을 세계적으로 알리는 그런 프로젝트를 하면 어떨까 싶어요."

"한식 세계화 말이야? 오, 그런 거 괜찮지. 근데 당신 요리 잘 못 하잖아?"

"어머, 나도 나름 잘하는 편이에요!"

희영이 발끈했다. 그녀는 잠시 현문을 째려봤다가 곧 눈을 내리깔며 부드럽게 말했다.

"하지만, 내가 요리를 할 건 아니고, 당연히 좋은 요리사들이랑 같이 해야죠."

"그럼 양 조리장이랑 상의하면 되겠네. 궁중요리 명장이잖아. 한식 세계화면 궁중요리 전문가가 필요할 거야."

"아, 뭐. 그렇긴 한데……."

"그렇긴 한데 뭐?"

"사실은요."

희영은 눈웃음을 치며 현문에게 가까이 얼굴을 들이밀고 말했다.

"이게, 궁중요리 그 자체를 외국에 알리자는 게 아니라, 음, 그러니까, 한식을 세계화에 맞춰 좀 변형도 시키고 그래야 하거든요. 그래서 궁중요리 전문가보다는 퓨전 요리 전문가가 필요하지 않을까 싶어요."

"그래도 궁중요리가 기본이 돼야지. 한식인데. 한식을 외국 사람들의 입맛에 알맞게 변형하는 게 한식 세계화잖아? 일단 양 조리장한테 맡겨봐."

"아이, 여보. 내가 봐둔 요리사가 있단 말이에요. 아주 세계적으로도 유명한 요리사!"

"세계적으로도 유명하다고? 누군데?"

"네, 2006년에 WCC 세계요리월드컵에서 4위 한 아주 대단한 셰프예요. 이선우라고……. 스타 셰프 이선우 알죠?"

"이선우? 들어보긴 한 거 같은데. 흠, 퓨전 요리 전문가라……."

현문은 텔레비전을 잘 보지 않기 때문에, 봐도 주로 뉴스만 봐서 이선우에 대해서는 잘 알지 못했다. 호검에 대해서도 잘 몰랐듯이 말이다.

"내 생각엔, 그럴 필요 없이, 우리 조리장들 네 명이서 아이디어 내서 퓨전 요리를 만들어낼 수 있을 것 같은데."

"칫. 여보, 지금 내가 양 조리장 밑에 보조 요리사 뽑으려는 걸 반대해서 이러는 거예요?"

"아이고, 아니야. 그게 아니라, 이게 내 생각……."

"그럼, 예산 때문에 그래요? 영부인이 우리나라를 위해서 뭘 해보겠다는데, 대통령이 돼서 이런 것도 안 도와주고 그럼 돼요?"

희영이 현문의 말을 끊고 다짜고짜 그를 공격했다. 현문은 당황했지만, 차근차근 설명했다.

"아니, 그게 아니라, 내 말은, 청와대 주방과 연계해서 하는 게 좋을 거 같다는 거야. 음, 그러니까 주방과 연계된 신설 기구를 만드는 거지. 〈한식 연구소〉. 어때?"

"좋아요, 그건. 근데 그 〈한식 연구소〉에 내가 원하는 요리사들 뽑아도 되는 거죠?"

"아, 그건 나랑 상의를 해야지. 그리고 어떤 식으로 진행할 건지도 나한테 보고하고……."

"당신이 이런 거에 신경 쓸 겨를이 어디 있어요?"

"그래도 처음에 인원 구성할 때는 신경 써야지. 그래서, 그 이선우란 셰프를 장으로 두고 그 밑에 위원들을 뽑겠다는 거야?"

"네, 그런 식이죠."

"그럼 검증을 해야지. 이 한식 세계화에 적임자인지 말이야."

"내가 보기엔 적임자라니까요!"

희영이 답답하다는 듯이 목소리를 높여 말했지만, 현문도 여기서는 지지 않았다.

"이건 그냥 당신 혼자 보고 결정할 문제가 아니야. 요리로 평가를 해야지. 한식 세계화에 적절한 요리를 개발해야 할 거 아냐."

"아, 정말. 이선우 셰프 정말 대단하다니까요!"

"그렇게 대단하면 실력으로 보여주면 된다니까!"

"알았어요. 그럼 당신이 그렇게 좋. 아. 하. 는. 양 조리장님 이랑 대결해요. 퓨전 요리 대결이요. 그래서 만약 이선우 셰 프가 이기면 연구소장으로 데려올 거예요."

"양 조리장님이 이기면 양 조리장님이 연구소장을 겸하고. 그럼 바빠지실 테니까 아까 내가 말한 보조 요리사를 데려오면 되겠네. 어때?"

현문은 머리가 잘 돌아갔다. 그는 이 대결에 호검의 영입 조건까지 끼워 맞췄고, 양혜석이 이 대결에서 이기기만 한다면 모든 것이 현문의 뜻대로 되는 것이니 아주 좋은 시나리오였다.

"뭐, 좋아요! 어차피 이선우 셰프가 이길 테니까. 그럼 언제 대결할 건가요?"

희영은 자신만만했다. 이선우는 세계 대회에서 4위를 한 전적도 있는 셰프니까 말이다.

"자, 그럼 일단, 요리는 세계화시킬 한식 요리를 만드는 게 과제야."

"네, 좋아요."

"그리고, 대결은 심사위원들의 시간에 맞추도록 하지."

"심사위원이요? 누구 데려다 심사할 건데요?"

"당연히 외국인들이지. 기본적으로 외국 대사들은 참여해서 심사해야지."

"그럼 여러 명이 맛보도록 많이 만들어야 하잖아요?"

"음, 그렇지? 보조로 몇 명 데려오라고 하면 되겠네. 양 조리장은 지금 같이 있는 윤 셰프랑 나 셰프 있으니까 괜찮을 거야."

"알았어요. 이 셰프한테 아예 연구소에 같이 데려올 셰프들로 구성해서 데려오라고 해야지."

희영은 이 말을 하자마자 식사 자리에서 벌떡 일어났다.

＊　　　＊　　　＊

"왜 밥도 덜 먹고 일어나요?"

대통령 김현문이 영부인 박희영에게 물었다.

"다 먹었어요. 빨리 이 셰프한테 알려줘서 준비하라고 해야지. 참, 심사위원 인원이랑 대결 날짜 빨리 정해서 알려줘요. 알겠죠?"

"알았어."

박희영은 종종걸음으로 자리를 떴고, 현문은 비서실장을 불렀다.

"양 조리장님 내일은 나오시지?"

"네 나오시는 날입니다."

대통령의 식사를 담당하는 청와대 주방의 파트별 조리장 네 명은 보통 사흘 근무하고 하루를 쉬었다. 마침 오늘이 양혜석이 쉬는 날이어서 현문은 비서실장에게 양혜석의 출근 날짜를 확인한 것이다.

"아, 그리고 주한 대사들한테 일주일쯤 후에 오찬 대접한다고 알리고 스케줄 좀 잡아줘요."

"갑자기 오찬은 왜……?"

"한식 세계화를 위해서 연구소 하나를 마련할까 하는데, 거기 셰프들을 뽑으려고 대결을 할 거거든. 근데 그럼 심사를 외국인들이 해야 공정하지 않을까 싶어서 말이에요."

"아, 알겠습니다. 그런데 주한 대사님들 전부요?"

주한 대사는 30명도 더 넘기 때문에 모두를 불러서 오찬을 하기엔 무리가 있었다.

잠시 고민하던 현문이 입을 열었다.

"음, 열 명 내로, 부부 동반으로요. 비서실장이 알아서 다양하게 구성해서 초청해요. 그 외에 이번에 초청 안 한 대사들은 나중에 따로 한번 오찬 가지면 되니까."

"네, 스케줄 잡고 가능한 주한 대사님들 확인해서 올리겠습니다."

"참, 대사님들한테는 심사하는 거라고 말하진 말아요. 당일 날 오면 내가 직접 얘기할 테니까."

"알겠습니다, 대통령님."

*   *   *

다음 날, 김현문은 아침 식사를 마치자마자 양혜석을 따로 불렀다. 그리고 희영이 제안한 한식 세계화 요리 대결에 대한 이야기를 전했다.

"어때요? 할 수 있겠어요?"

"그럼 외국인들도 좋아할 만한 한식을 내면 되는 건가요?"

"그렇죠. 하지만 외국인들이 좋아하려면 한식을 조금 변형해야 하지 않을까 싶어요. 퓨전 요리랄까? 아무튼, 그건 양 조리장이 알아서 하시면 될 것 같아요."

"아……."

혜석은 현문이 이야기에 적잖이 당황했다. 혜석의 성향상 퓨전 요리를 그다지 좋아하지 않았기 때문이다. 그래서 한식 요리 자체를 외국인 입맛에 맞추려고 무언가를 시도해 보지도 않았다. 양혜석의 표정이 조금 어두워지는데, 현문이 말을 이었다.

"양 조리장님께 거는 기대가 큽니다. 아시죠? 전 잘하실 거라 믿습니다."

"아, 네……."

현문이 이렇게까지 이야기를 하는데 혜석은 못 하겠다고 거절을 할 수도 없었다. 그녀는 퓨전 요리에는 자신이 없었지만, 어쩔 수 없었다. 무조건 해보는 수밖엔.

"참, 이번 대결에서 이기면 한식 연구소는 양 조리장님이 맡게 되실 거고요, 그렇게 되면 한식 파트에 손이 부족할 테니까 강 셰프도 양 조리장님 보조로 들어올 수 있을 거예요.

아, 그럼 새로 한식 파트 조리장을 모셔야 하나? 뭐, 그건 그때 가서 고민하죠."

현문이 호검의 이야기를 꺼내자, 혜석은 갑자기 얼굴이 밝아졌다.

'그래! 강 셰프, 강 셰프가 있었지!'

호검은 다양한 요리를 접해봤고, 또 새로운 요리 개발도 많이 해온 것 같으니 함께 준비하면 충분히 멋진 요리를 개발할 수 있을 것 같았다.

"저, 그럼……."

혜석이 호검과 함께 해도 될지 물으려는데, 비서실장이 들어와 현문에게 보고했다.

"대통령님, 대결 날짜는 6월 3일로 잡았습니다. 그리고 주한 대사님들 중 참석 가능하신 대사님들은 미국, 일본, 스위스, 벨기에, 러시아, 독일, 프랑스, 싱가포르 이렇게 8개국입니다. 내외분 모두 함께 참석 가능하시답니다."

"음, 알겠어요. 그럼 14명인가? 거기에 나랑 영부인. 그럼 18명. 양 조리장, 18인분 준비해야 할 것 같은데, 가능하죠?"

"음, 네. 그런데 그럼 보조 인원이 더 필요할 것 같습니다. 그래서 강 셰프를 참여시키고 싶은데요. 괜찮을까요?"

혜석이 조심스럽게 물었는데, 현문은 흔쾌히 답했다.

"오! 그럼 되겠네요. 그렇게 되면 양 조리장, 윤 셰프랑, 나 셰프, 강 셰프. 이렇게 4명인 거죠? 이선우 셰프팀도 4인으로 구성하라고 하면 되겠네요."

"네, 감사합니다, 대통령님."

혜석은 환하게 웃었다. 그녀는 호검의 실력을 믿고 있었기에 걱정을 좀 덜었다. 혜석은 다시 주방으로 돌아와 두 제자에게 한식 세계화 요리 대결 이야기를 전한 후 곧바로 호검에게 전화를 걸었다.

호검은 막 〈복스시〉 매장에 도착해서 조리복으로 갈아입던 중이었다. 그는 옷을 갈아입다가 전화벨이 울리자 곧바로 전화를 받았다.

"여보세요."

ㅡ강 셰프, 나야, 양혜석.

"네, 명장님. 무슨 일 있으세요? 이른 아침부터 전화를 주시고……."

ㅡ응, 부탁할 일이 또 생겨서 말이야. 근데, 이건 강 셰프한테도 좋은 일이야.

"뭔데요?"

호검의 물음에 혜석은 현문이 말한 내용을 요약해서 전했다. 호검은 이 대결만 잘하면 청와대 주방으로 들어가게 된다는 사실에 흥분됐다. 게다가 대결 상대가 이선우라니!

몇 년 전만 해도 이선우에게 심사를 받았던 호검이 이제 이선우와 대결을 펼치게 되는 것이다. 물론 작년에 있었던 제2회 칼질미션쇼에서는 호검도 단독쇼도 하고, 이선우와 함께 칼질미션쇼 심사를 보았지만 말이다.

호검은 기대감에 부풀어 혜석에게 물었다.

"그럼 퓨전 요리를 만들어야 하는 건가요?"

—아마도 그렇겠지?

"몇 가지나 만들어야 하나요?"

—그게 좀 애매한데, 한 그릇 요리 중심으로 2가지 이상을 만들래. 외국은 코스 요리도 있고, 주로 한 그릇으로 끝나는 요리들이 많잖아. 근데 우리 한식은 밥에 반찬문화라서……. 흠, 어떻게 해야 할지…….

"아, 그거 반찬과 밥을 커다란 한 접시에 놓는다고 생각하시면 돼요."

—오, 그래? 아무튼 그래서 일주일 정도밖에 안 남았으니 얼른 의논해서 메뉴를 준비해야 할 것 같은데, 언제 시간 돼?

"여기 사장님과 얘기해 보고 다시 연락드릴게요."

호검은 혜석과 전화를 끊고는 곧바로 기복에게 사정 설명을 했다. 기복은 호검이 이제 떠날 때가 거의 되었다는 사실을 이미 인지하고 있었다.

"오, 잘됐네. 청와대라니!"

"이건 비밀이에요, 사장님. 아직 한식 연구소가 생긴 것도 아니고, 확실히 제가 될지 안 될지도 모르는 거라서……."

"에이, 우리 강 셰프 실력을 내가 아는데, 무조건 이기지. 뭐, 그래도 알았어."

"근데 상대가 이선우예요."

"뭐? 이선우? 그 스타 셰프 이선우? 우리나라 퓨전 요리 1인 자로 손꼽히는 바로 그 이선우?"

"네, 맞아요. WCC 세계요리월드컵에서 4위도 했죠."

기복이 놀라서 입을 쩍 벌렸다. 상대가 이선우라면 조금 힘들 수도 있었다. 하지만 곧 다시 평온한 표정을 되찾고 말을 이었다.

"으음, 그래도 양혜석 명장님이랑 한편이라며? 그럼 이길 수 있을 거야. 하하."

"네, 저도 명장님 믿고 하려고요. 하하."

"뭐, 아주 혹시라도 청와대 주방에 못 들어가게 되면 다시 여기 와. 언제든 환영이니까. 알지?"

"네, 고맙습니다!"

"그럼 얼른 공고부터 내야겠다. 종배야!"

기복은 얼른 종배에게 채용 공고를 내도록 시켰다.

한편, 혜석의 주방에서는 두 여제자가 혜석에게 질문 공세를 펴고 있었다.

"명장님, 방금 통화하신 강 셰프님은 누구세요?"

"이번 한식 세계화 요리 대결을 저희랑 같이 하시는 거예요?"

"어, 이번 대결에 요리 양이 많아서 아예 팀을 꾸리자고 했거든. 방금 통화한 셰프는 강호검 셰프."

혜석의 대답에 두 여제자의 눈이 왕방울만 해졌다. 그러고는 설거지를 하던 손을 멈추고 동시에 소리를 질렀다.

"강호검이요? 지금 강호검이라고 하셨어요?"

"그, 그, 명장님이랑 같이 〈셰프의 비법〉 특집에 나왔던 중식요리사, 강호검이요?"

"응. 맞아."

"헉……."

"와, 대박! 저 호검이 오빠 팬이에요! 키도 크고 훈남에 요리도 잘하잖아요!"

두 여제자 중 나이가 더 어린 나선희가 박수를 치며 외쳤다. 그러자 윤이령이 어이없다는 듯 물었다.

"야, 강 셰프님이 왜 너한테 오빠야? 너랑 동갑이잖아."

사실 나선희는 올해 27살로 호검과 동갑이었다. 윤이령은 나선희보다 2살 많았고.

"그냥, 멋있으면 다 그냥 오빠라고 하는 거예요."

"별……. 아무튼, 저희, 강호검 셰프랑 같이 요리하는 거예요, 그럼?"

윤이령이 양혜석에게 다시 확인하자, 양혜석이 고개를 끄덕이며 말했다.

"맞다니까. 근데, 명심해! 연애 말고 요리하는 거니까 너무 사심 티 내지 마. 고상하게. 우아하게. 여자는 자고로 그래야지. 이 양혜석 명장의 제자들은 더더욱 그래야 하고."

양혜석은 도도한 표정을 지으며 따라 하라는 듯 살짝 미소를 보였다. 하지만 두 여제자는 혜석의 말에 공감할 수 없다는 듯 살짝 입을 삐죽이며 중얼댔다.

"요즘은 안 그래도 되는데……."

"요즘 트렌드는 적극적인 여성……."

그러자 양혜석이 두 제자를 살짝 흘겨보며 말했다.

"그래도, 내 말 들어. 알겠니?"

"네……."

"아, 요리에는 적극적으로! 그건 허락하겠어. 오호호호. 자, 설거지 마저 해."

"네, 아참, 근데 그럼 강 셰프님은 언제 오신데요?"

"조만간. 내일이나 모레는 오겠지."

*   *   *

다음 날, 호검은 〈복스시〉로 출근하지 않고 점심 시간이 지난 후에 곧장 청와대로 향했다. 이번엔 양혜석이 미리 대통령 김현문에게도 보고를 한 상황이라, 호검은 연풍문에서 바로 출입증을 받았다. 검색대의 직원은 호검의 신분증을 받으며 그에게 물었다.

"강 셰프님, 또 오셨군요! 오늘도 양 조리장님 만나러 오신 거예요?"

"아, 네."

"여기 출입증이요."

호검이 출입증을 받고 막 안으로 들어가려는데, 뒤에서 소란스러운 소리가 들려왔다. 검색대 직원과 호검은 동시에 소리가 나는 쪽으로 몸을 돌렸다.

"어? 이선우 셰프네요!"

호검은 선우를 발견하고 다가가 인사를 했다.

"안녕하세요, 이 셰프님."

"오, 강 셰프! 오랜만에 보지? 우리 작년 올푸드 요리쇼에서 보고 그 후에 오늘이 처음 보는 거네? 근데 여긴 웬일이야?"

이선우는 뜻밖에 청와대에서 호검을 보자 의외인 듯했다.

"아, 저는, 양 조리장님, 그러니까 양혜석 명장님 뵈러 왔어요."

"아하, 그렇구나."

"이 셰프님은 영부인님 뵈러 오신 거죠?"

"엇, 어떻게 알았어?"

이선우는 영부인을 만나 한식 연구소에 대한 이야기도 더 들어보고, 요리 대결에 대한 설명도 더 듣기 위해 청와대를 찾은 것이었다.

"아, 그게……. 양혜석 명장님께 그 요리 대결에 대한 이야기를 들었거든요."

호검은 주변을 둘러보더니 낮은 목소리로 이선우의 귓가에 대고 속삭였다.

"아……. 그렇구나. 그럼 나중에 또 보자."

이선우는 요리 대결 이야기를 호검에게 전할 정도면 양혜석과 호검의 관계가 굉장히 돈독하다고 느꼈다. 하지만 호검이 이 요리 대결에 참여할 거란 생각은 못 했다. 이선우는 그래도 뭔가 의아한지 고개를 갸웃거리며 사라졌다.

호검은 선우가 먼저 가고난 뒤 청와대 주방으로 향했다.

주방에 들어서자, 혜석과 두 여제자는 의자에 둘러앉아 대화를 나누고 있었다. 그들은 호검이 들어오자 벌떡 일어나 호검을 맞았다. 역시나 두 여제자는 호검을 보더니 너무 좋아하며 감정을 숨기지 않았다.

"팬이에요!"

"호호호, 잘 부탁드려요."

"네, 안녕하세요. 저도 잘 부탁드립니다."

두 여제자는 악수를 원하는지 호검에게 손을 내밀었지만, 옆에서 지켜보던 양혜석이 그들을 제지했다.

"오호호호. 애들이. 원래 좀 활발해. 일단 여기 앉아."

혜석은 의자 하나를 끌어다가 호검을 앉히고 다른 두 제자도 호검의 옆에 착석했다.

"우리가 먼저 외국인들이 좋아할 만한·궁중요리들을 골라 봤어. 일단, 월과채는 저번에 내가 만드는 거 봐서 알지?"

"네."

호검이 웃으며 고개를 끄덕였고, 혜석은 자신이 적어놓은 메모를 보며 요리들 이름을 차례로 나열하기 시작했다.

"음, 그리고, 다른 궁중요리들은 뭐가 있냐하면, 어선, 골동반, 규아상……."

"잠깐만요."

호검이 혜석의 말을 듣다가 갑자기 그녀의 말을 멈췄다.

*　　　*　　　*

혜석이 왜 그러냐는 듯 호검을 쳐다보자, 호검이 말을 이었다.

"죄송한데, 제가 궁중요리에 대해서는 잘 몰라서요. 이름만 듣고는 어떤 음식인지 잘 가늠이 안 되네요."

"아, 그렇겠구나! 이름들만 듣고는 잘 모르지. 오호호호. 다들 그렇긴 해. 음……. 궁중요리들을 강 셰프가 다 할 줄 아는 상태면 더 좋을 텐데, 지금은 그럴 시간이 없고, 어떡하지……. 대충 내가 어떤 음식인지만 설명해 주면 될까?"

"음… 네. 일단 말로 설명해 주세요."

그때, 옆에서 나선희가 얼른 자신의 휴대폰을 꺼내며 말했다.

"사진은 제가 실습하면서 찍어놓은 것들 있으니까 보여 드릴게요."

"그럼 더 좋겠다! 그래도 모양을 봐야 느낌이 오지. 먼저, 어선은……. 아, 어선에서 선(膳)이란 말은 재료에 소를 넣고 찐 음식을 말해. 어(魚)는 생선을 말하고. 그러니까 어선은 생선 안에 소를 넣고 찐 건데, 생선은 흰살생선을 이용하고 넓게 저며서 그 위에 채소들을 놓고 김밥 말듯이 말아서 찐 거야."

"아하. 흰살생선은 그럼 대구 같은 걸 사용하나요?"

"오, 맞아. 대구나 민어, 이런 것들로 하면 돼."

"여기 사진이요."

옆에서 선희가 얼른 완성된 어선 사진을 찾아 호검에게 보여주었다.

"와, 이거 되게 예쁜데요? 돌돌 말린 하얀 생선살 안에 여러 색상의 채소가 들어가서 먹기도 좋고 보기도 좋네요. 외국인 들이 좋아할 것 같아요."

"그렇지? 이건 내가 봐도 괜찮은 거 같아. 오호호호. 그리 고 골동반(骨董飯)은 비빔밥을 말하는 거야. 고추장을 넣지 않 는다는 점이 우리가 일반적으로 먹는 비빔밥과는 좀 다르지 만."

"네? 고추장을 안 넣어요? 그럼 무슨 맛으로……."

호검이 놀라면서 동시에 의아해했다. 나물과 고추장, 참기 름의 조화가 비빔밥이 맛있는 이유인데, 고추장을 넣지 않는 다니.

"응. 고추장도 안 넣고, 여러 가지 나물과 밥을 비빈 다음에 그 위에 계란 지단, 생선전, 튀각 등을 얹어 먹지."

"저도 처음엔 맛이 별로일 거라고 생각했었는데, 아니에요. 나물에 간이 되어 있기도 하고, 다른 것들도 얹어 먹으니까 맛있어요. 그래서 전 요즘은 고추장 넣은 비빔밥보다 이게 더 맛있는 것 같기도 해요."

조용히 있던 이령이 끼어들며 골동반 찬양을 했다.

"오, 고추장 없는 비빔밥이라… 괜찮네요! 외국 사람들은 매운 음식을 잘 못 먹잖아요."

호검은 혜석에게 겨우 두 개의 궁중요리에 대해 들었을 뿐인데 궁중요리에 대한 기대감이 굉장히 상승하고 있었다. 일반적으로 우리가 먹는 한식과는 뭔가 다른 것이 숨겨져 있는 듯했다.

나선희는 호검에게 골동반의 사진도 보여주더니 다음으로 혜석이 언급한 규아상도 보여주었다.

"이게 규아상이에요."

"아, 이거 만두를 말하는 거군요?"

"응, 맞아. 규아상은 궁중에서 여름에 먹는 만두였는데, 다른 만두와 조금 다른 점이 있다면, 소에 오이가 들어간다는 거지."

"오이를 만두에 넣어요?"

호검이 또 신기하다는 듯이 물었다. 호검은 오이가 만두소에 들어가면 맛이 어떨지 상상이 잘 안 갔다.

"어. 오이 넣으면 아삭하고 시원하고 맛있어. 그러니까, 보통 밀가루 피 안에 쇠고기, 표고, 오이 같은 걸 넣고 해삼 모양으로 만들어서 쪄 먹어."

"아하, 정말 해삼 모양 비슷하네요."

"해삼을 닮았다고 미만두라고도 한대요."

윤이령이 설명을 덧붙였다. 옆에 앉아서 잠시 아무 말도 안하고 있던 나선희는 오이가 들어간 만두에 대해서 약간의 우려를 나타냈다.

"근데, 이게 오이가 들어간 거랑 해삼 모양을 한 게 특징인데, 오이는 의외로 싫어하는 사람들이 많은데, 괜찮을까요, 명장님?"

"하긴……. 나도 오이 싫어하는 사람 꽤 봤어. 음…….."

혜석은 응용할 만한 궁중요리 후보에서 규아상을 뺄까 고민하는 것 같았다. 그때, 호검이 잠시 생각해 보더니 입을 열었다.

"오이 대신 애호박을 넣어서 만들어도 되지 않나요?"

"아, 편수라고 애호박 넣은 만두도 있긴 하죠. 그것도 여름에 먹는 만두예요."

나선희가 혜석 대신 대답했고, 혜석은 여름 만두에 대한 설명을 추가로 했다.

"보통 여름에는 날이 더워서 음식이 잘 상하는데, 두부가 특히 잘 상하니까 여름에는 만두피에 두부를 안 넣고 대신 다른 걸 넣어서 만들어. 그래서 두부를 안 넣은 만두를 여름 만두라고 하는 거고. 음, 강 셰프 말대로 편수 쪽으로 생각을 해보는 게 더 낫겠다."

"네, 그럼 또 어떤 요리가 있나요?"

호검이 눈을 초롱초롱 빛내며 혜석을 쳐다보고 물었다. 그의 눈빛은 호기심과 기대로 가득했다.

"오호호호, 강 셰프, 지금 궁중요리 되게 배우고 싶지?"

혜석이 호검의 눈빛을 읽었는지 웃으며 말했다.

"네! 궁중요리 몇 개만 들었는데도, 새롭고, 멋있고, 맛있을 것 같아요. 당장 해보고 싶어서 손이 막 근질근질하네요. 하하하."

호검이 손가락을 마구 움직이며 고개를 끄덕였다.

"궁중요리가 진짜 매력 있다니까! 이거 말고도 맛있고, 멋있는 요리 정말 많아. 오호호. 근데 그러려면 우리가 이 한식 세계화 요리 대결에서 이겨야 해. 강 셰프가 여기 들어와서 같이 요리를 배우려면 말이야. 알지?"

"네, 그럼요! 최선을 다하겠습니다!"

"음, 말이 나왔으니까 말인데, 한식 세계화라고 하면 뭔가 한식을 외국인들 입맛에 맞게 변형해야 하잖아? 근데 내가 궁중요리는 완벽히 만들 줄 알지만, 외국인들 입맛도 잘 모르고, 요리를 변형시킨다는 것에 익숙하지가 않아. 그래서 강 셰프가 그런 쪽으로 도와줬으면 좋겠어. 강 셰프는 이태리 요리까지도 좀 알잖아."

혜석의 말에 선희와 이령이 감탄하며 강 셰프를 쳐다보았다.

"와, 강 셰프님, 이태리 요리도 할 줄 아세요? 대박!"

"와, 강 셰프님 완전 요리 만능이셨구나!"

"아휴, 아니에요. 궁중요리는 이렇게 모르잖아요."

호검이 쑥스러워하며 손사래를 쳤다.

"오호호호. 강 셰프, 궁중요리까지 배우면 완벽해지는 거야. 아무튼, 요리 변형이나 퓨전식으로 만드는 건 강 셰프가 잘 도와줄 거지?"

"네! 그럼요. 그런 건 저한테 맡겨주세요. 자신 있어요."

호검이 이렇게 자신 있는 건 호검이 그동안 쌓아온 실력도 실력이지만, 바로 요리사의 돌이 있기 때문이었다. 호검은 최상의 레시피 조합을 만들어내 주는 요리사의 돌이 있기에 걱정할 것이 없었다.

호검의 자신감 넘치는 태도에 윤이령과 나선희는 그에게 반한 듯 호검을 우러러보고 있었다.

'멋있다!'

'상남자네. 키도 크고 멋진 데다가 실력파에, 겸손하고, 진짜 멋진 사람이구나!'

혜석 또한 호검의 자신 있는 말에 든든함을 느꼈다.

혜석은 이어서 자신이 골라둔 궁중요리 여러 가지를 더 설명해 주었다. 그리고 그 외에도 궁중요리에 대한 간단한 설명들도 해주었다.

"자, 내가 고른 요리는 일단 이게 다야. 그럼 이제 강 셰프의 의견을 한번 들어볼까?"

호검은 잠시 생각을 해보더니 의견 대신 먼저 질문을 했다.

"한 그릇 요리 중심으로 2가지 이상 만드는 게 과제죠?"

"응, 맞아."

"제가 궁중요리에 대해 들어보니까, 이거 외국식으로 코스 요리가 가능할 것 같은데. 코스 요리로 짜는 게 어떨까요? 그래도 되는지 모르겠지만……."

"오, 그래? 그건 내가 대통령님께 말씀드려 볼게. 근데 외국식 코스 요리라면 어떤 식으로 준비해야 하지?"

"처음엔 전채 요리, 그러니까 입맛을 돋우는 에피타이저랑 스프 같은 걸 준비하고요."

호검의 말에 이령이 얼른 끼어들었다.

"우린 스프 대신 죽 같은 걸 준비하면 되겠네요!"

"그렇죠. 그리고 에피타이저 다음으론, 이태리 요리 같은 경우에는 파스타나 피자 같은 게 먼저 나와요. 다음에는 메인 요리, 즉 고기 종류 요리가 나오구요. 고기 요리 다음엔 샐러드나 치즈가 나올 때도 있고, 안 나오면 곧바로 후식 종류와 커피 등이 나오죠. 프랑스 코스 요리도 비슷하고요."

"그런데요, 제가 중식당 가보니까 중식은 요리가 여러 가지 하나씩 쭉 나온 다음에 마지막에 식사를 골라서 식사를 하고, 그리고 마지막 후식을 주던데."

선희가 조심스럽게 말하자, 이령도 그녀를 거들었다.

"한정식 집도 마지막에 밥 주잖아."

"맞아요. 사실, 우리나라는 코스 요리란 게 요리 하나씩 차례로 다양하게 맛보라고 주는 거라서 특별히 어떤 규칙이 있는 건 아니긴 하죠. 그래도 식전에 식욕을 돋우는 에피타이저는 넣어주는 게 좋은 거 같아요. 제 생각엔요. 그리고 우리는 밥이 주식이지만, 외국 사람들은 고기가 주식인 경우가 많아서 고기 요리 후에 밥류를 주면 그건 좀 좋지 않을 수도 있지 않을까 싶어요."

가만히 호검의 말을 경청하고 있던 혜석이 고개를 끄덕였다.

"역시, 강 셰프가 여러 나라의 요리들을 접해봐서 구성을 잘 알고 있네. 좋아, 그럼 각자 생각해 오기로 하지. 전체 코스 요리를 다 짜 와도 되고 에피타이저로 뭐가 좋겠다 뭐 그렇게 한두 개만 생각해 와도 되고."

"네! 아참, 그런데 궁중요리는 별로 퓨전식으로 그렇게 크게 고치지 않아도 외국인들 입맛에 맞을 만한 게 많은 것 같아요. 외국인들은 우리처럼 조리는 것보다는 소스를 찍어 먹는 문화가 많으니까 기본 궁중요리에 뭔가 그들의 입맛에 맞는 소스를 개발해서 추가하면 될 것 같은데……."

호검은 벌써 어떤 식으로 요리를 만들어야 할지 감이 온 것 같았다.

혜석은 만족스럽게 고개를 끄덕이며 대답했다.

"오, 좋아. 내 생각에도 한식이 잘 부각되어야 하니까, 궁중 요리 자체는 살리면서 약간의 변형을 준 정도가 좋을 것 같아."

잠깐의 미팅이었지만 혜석 팀은 호검 덕분에 벌써 어느 정도 요리의 컨셉이 잡혔다.

한편, 이선우는 영부인 박희영을 만나고 있었다. 둘은 테이블에 마주앉아 차를 마시며 대화를 나누고 있었다.

"네? 양혜석 명장님 팀에 강호검 셰프가 들어간다고요?"

"그렇다나 봐. 근데 뭘 그렇게 놀라?"

"아, 아니에요. 어린 나이에 실력이 꽤 좋은 친구죠."

"뭐, 나도 텔레비전에서 본 적 있은 거 같은데, 우리 이 셰프에 비할 정도는 못 되지. 안 그래?"

"아하하하. 그렇죠. 경력은 제가 좀 오래됐으니. 근데 양혜석 명장님 경력이 굉장하신데, 거기에 신예 강 셰프면······."

"음, 그래, 이건 좀 불공평한 것 같아. 이 셰프도 누구 좀 대단한 사람으로 한 명 영입해 와. 이거 이기면 자네가 한식 연구소 소장이 되어서 해외에 한식을 알리는 대사가 되는 거야. 굉장한 일이라고."

"한식 대사요?"

이선우는 자신이 세계 각국을 돌아다니며 한식을 알리고

각국 대통령들을 만나는 상상을 했다. 이건 세계적으로 유명한 요리사가 되면서 명예도 얻을 수 있는 좋은 기회였다.

"응, 한식 대사! 음식 외교가 얼마나 중요한 역할을 하는지 알지?"

"네, 그럼요. 맛있는 음식이 많은 나라면 관광객들도 더 많죠. 맛집 여행을 다니는 사람들도 많으니까요."

"그래! 맞아. 외교 수단으로 음식만큼 좋은 게 없다니까."

박희영은 이렇게 말하며 찻잔을 들어 차를 마셨고, 이선우는 고개를 끄덕였다.

차를 몇 모금 들이키던 희영이 갑자기 할 말이 더 생각난 듯 찻잔을 얼른 내려놓고 말문을 열었다.

"아참, 이번 대결은 블라인드 심사야."

"아, 누가 만든 음식인지 모르고 맛을 본다는 말씀이시죠?"

"응, 그래야 공정하다고 대통령님이 그렇게 하자고 하셔. 이 셰프가 이미 너무 유명하다고 말이야. 뭐, 나도 하는 수 없이 그러기로 했어. 괜찮지?"

"네, 실력으로 이겨야죠."

"호호호. 난 이 셰프 이렇게 자신감 있어서 좋더라. 차 들어."

"하하하, 네."

이선우는 찻잔을 들어 입으로 가져가면서 살짝 미간을 찌푸렸다.

'강 셰프……. 블라인드 심사……. 흐음… 누굴 영입하지…….'

*   *   *

일주일은 순식간에 지나갔고, 드디어 요리 대결이 펼쳐지는 날이 되었다.

오늘 요리 대결은 영빈관에서 펼쳐지기 때문에 호검은 일찌 감치 준비하고 청와대 주방이 아닌 영빈관 주방으로 향했다.

영빈관 1층에 도착하자, 양혜석과 두 여제자가 나와서 호검 을 맞이했다. 호검이 영빈관 주방을 잘 모를까 봐 일부러 마 중을 나온 것이다.

"좋은 아침입니다!"

"오호호호. 그래, 좋은 아침! 컨디션 좋은가 봐? 어제 잘 잤 어?"

"네, 아주 푹 잤습니다."

호검이 호탕하게 웃으며 대답하자, 옆에 있던 나선희가 부러 워하는 눈빛으로 호검을 쳐다보았다.

"와, 부럽다. 전 떨려서 한숨도 못 잤는데……."

"나도!"

윤이령도 잠을 잘 못 잤는지 눈이 퀭해 보였다.

"저도 원래는 떨려서 잘 못 자는데, 어제는 좀 피곤했었나 봐요. 하하. 아무튼, 얼른 가서 준비하죠."

호검이 그들과 함께 발걸음을 옮기려는 찰나, 뒤에서 혜석을 부르는 목소리가 들려왔다.

"양혜석 명장님!"

혜석 일행이 모두 고개를 돌려보니 이선우가 자기 팀 셰프들을 데리고 영빈관 문으로 들어오고 있었다. 그는 얼른 혜석에게 다가와 공손하게 인사를 했다.

"안녕하세요!"

"오호호호. 이선우 셰프, 안녕하세요."

"아휴, 말씀 낮추세요. 김민기 셰프에게 말씀 많이 들었습니다. 먼저 한번 찾아뵙는다는 게 제가 바쁘다 보니 그러지 못했네요."

"아, 나도 김 셰프에게 이 셰프 얘기 들었어. 뭐, 김 셰프에게 듣지 않아도 이 셰프 근황이야 신문이나 텔레비전에 자주 나오니 알고 있었지만."

"네. 제가 좀 자주 나오긴 하죠. 이제 좀 자제해야 하긴 하는데. 하하하."

"에이, 스타 셰프가 방송 출연을 자제하면 쓰나. 팬들이 들으면 울겠네. 오호호. 참, 이쪽은 강호검 셰픈데, 알지?"

혜석이 호검을 이선우에게 소개시켜 주려고 했다.

"아, 이미 안면이 있습니다. 강 셰프, 오랜만이야."

"네, 안녕하세요."

이선우와 호검은 악수를 나눴다. 그러고는 곧바로 양혜석에게 말했다.

"참, 저도 오늘 같이할 셰프 한 명 소개시켜 드릴게요. 이쪽은 송현서 셰프예요. 텔레비전에서 본 적 있으시죠?"

송현서라는 셰프는 짧은 스포츠머리에 푸근한 곰 같은 인상의 남자였다. 그는 서글서글하게 웃으며 혜석에게 인사를 했다.

"안녕하세요, 명장님. 송현서입니다. 존경하는 명장님을 이렇게 직접 뵙게 돼서 영광입니다."

"오호호호. 고마워요. 근데 내가 텔레비전은 잘 안 봐서 누군지는 잘 모르겠네. 미안해요."

"아, 괜찮습니다."

"음, 이선우 셰프처럼 퓨전 요리를 하시나요?"

"전 지금 한식요리 연구가로 활동 중입니다."

"오, 한식 전공이시군요. 궁중요리는요?"

"물론 궁중요리에도 관심이 많습니다."

송현서는 양혜석과 몇 마디 대화를 주고받은 뒤, 호검과 나머지 두 제자, 나선희와 윤이령에게도 깍듯이 인사를 했다. 나선희와 윤이령은 그를 잘 아는 듯 반갑게 웃으며 인사를 했다. 호검은 양혜석처럼 텔레비전을 자주 보는 편은 아니라서 그가 누군지는 잘 몰랐지만, 일단은 알고 있는 척 인사했다. 간단히 인사를 마친 것 같자, 이선우가 양혜석에게 말했다.

"그럼 저희는 먼저 가볼게요."

"주방으로 같이 안 가?"

혜석이 의아한 듯 물었다. 두 팀의 대결은 같은 영빈관 주방에서 이뤄지기 때문이었다.

"아, 저희는 영부인님 좀 잠시 뵙고 가려고요. 먼저 가세요."

"아하. 그래."

이선우 팀은 1층 접견장으로 걸음을 옮겼고 혜석 일행은 영빈관 2층 주방으로 향했다. 2층으로 올라가면서 나선희가 먼저 입을 떼었다.

"어머, 명장님, 송현서 셰프 모르세요? 한식 되게 잘하는데! 특히 된장을 활용한 소스를 엄청 잘 만들어요. 외국인들 입맛에도 잘 맞게 만들고요."

"그래? 된장은 냄새 때문에 외국인들이 싫어하는데……."

"근데 좋아하더라니까요. 이번에도 분명히 된장으로 만든 소스를 최소한 요리 하나에는 쓸 거예요."

윤이령이 확신에 찬 목소리로 단언했다.

"음… 된장 소스라……."

호검은 된장 소스는 호불호가 극명히 갈릴 것이라고 예상했다.

"뭐, 이미 우린 메뉴를 다 준비했고, 이제 와서 뭘 바꿀 수도 없잖아? 그러니까 상대편은 신경 쓰지 말고 우리 준비한 거나 잘 만들면 돼."

양혜석은 상대편에 누가 있든 상관없어 보였다. 혜석 팀이 영빈관 주방에 들어서자, 주방의 한가운데에는 하얀색 천막이 쳐져 있었다. 물론 조리하는 곳만 서로 보이지 않고, 주방에서 영빈관 홀로 나가는 출입구 쪽은 천으로 가려져 있지 않아서 완성된 요리는 슬쩍 고개를 빼면 볼 수는 있었다. 하지만 각자 자신들의 요리를 하느라 볼 시간은 없을 것 같았다.

"아예 이렇게 나눠놨구나. 하긴, 서로 안 보이는 게 낫지."

"맞아. 그게 마음이 편해."

선희와 이령은 서로를 쳐다보고 고개를 끄덕였고, 혜석은 이러나저러나 상관없다는 듯 별 반응을 보이지 않았다.

"우리, 먼저 재료부터 확인하자."

혜석의 말에 호검과 선희, 이령은 일사불란하게 움직이기 시작했다.

한편, 이선우는 영부인 박희영에게 송현서를 소개했고, 요리 대결 준비에 앞서 잠시 대화를 나누고 있었다.

"준비는 잘됐죠?"

"네, 그럼요. 다섯 가지 요리 다 깜짝 놀라실 겁니다. 하하하."

이선우가 말한 다섯 가지 요리란, 죽, 에피타이저, 생선과 고기 요리, 야채 요리, 후식을 말하는 것이었다.

양혜석 팀에서 코스 요리를 제안했고, 이선우 팀에서는 코스 요리로 할 거면 아예 종류까지 정해서 하자고 추가 제안을 했던 것이다. 그래서 결과적으로 대결은 총 5가지 요리를 각각 겨뤄서 한 가지 요리마다 승패를 정하는 방식으로 이루어지게 되었다. 즉, 5가지 요리 중에서 3가지 요리를 이기는 팀이 승자가 되는 것이다.

"호호호. 우리 이 셰프가 꼭 이길 거라고 믿어. 난 벌써 이 셰프랑 한식 연구소를 어떻게 이끌어서 어떤 방식으로 한식 세계화를 할 건지 다 생각해 놨다니까. 그러니 꼭 이겨요. 이 셰프 파이팅!"

"네, 그렇게 될 수 있도록 최선을 다하겠습니다!"

오찬 시간이 가까워지자, 주한 대사들이 하나둘씩 영빈관에 도착했다.

그들은 오찬에 앞서 김현문과 간단한 대화를 나눴다. 미국, 일본, 스위스, 벨기에, 러시아, 독일, 프랑스, 싱가포르 대사들과 그들의 부인들이 모두 도착하자, 김현문은 주한 대사들에게 오늘 오찬의 이유를 유창한 영어로 설명했다.

"사실, 오늘 오찬은 그냥 오찬이 아닙니다. 여러 대사분들께 오늘 나온 음식들을 냉정히 평가해 달라고 부른 겁니다."

주한 대사들은 어리둥절한 표정으로 김현문을 쳐다봤다.

"오늘 오찬은 각 코스 별로 두 가지가 나올 텐데, 다 드신 다음 그중 더 맛있는 요리의 그릇에 요 꽃잎을 넣어주시면 됩니다."

김현문은 옆에 서빙 직원을 시켜 분홍빛 꽃잎을 나눠주도록 했다.

이어 김현문이 공정한 심사를 위해 누가 만든 것인지는 나중에 공개될 것이고, 블라인드 심사로 진행된다고 설명하자, 주한 대사들은 꽤 흥미로운지 웃으며 알겠다고 했다.

"그런데 요리 대결은 왜 하는 건가요?"

주한 미국 대사가 궁금한 듯 물었다.

"음, 그건 그냥 우리 청와대 요리사들의 실력을 알아보려는 차원에서 하는 겁니다. 그 덕에 우리도 맛있는 음식 많이 먹고요."

김현문은 일부러 이 요리 대결의 승자가 한식 연구소를 이끌게 될 것이라고는 설명하지 않았다.

"자, 그럼 첫 번째 식사부터 가지고 오라고 해요."

김현문이 지시하자, 서빙 직원들이 얼른 주방으로 달려갔다.

"양 조리장님, 준비 다 되셨죠? 대통령님이 식사 시작하자고 하세요."

"그럼요. 여기 죽 가지고 나가시면 돼요."

"이선우 셰프님은요?"

"저희도 다 됐습니다."

"그럼 가지고 나가겠습니다."

두 팀은 첫 요리인 죽의 그릇부터 달랐다. 이선우팀은 양쪽으로 컵 손잡이가 달린 스프를 담는 그릇에 죽을 준비했고, 양혜석팀은 작고 손잡이가 없는 수수한 청자 그릇에 죽을 냈다.

"마 타락죽과 단팥죽입니다."

서빙 직원은 이선우와 양혜석이 말해준 요리의 이름을 대통령 내외에게 전했다.

죽이 나오자 주한 대사들은 죽 두 그릇을 비교해 보며 숟가락을 들었다.

"오, 하나는 자줏빛이고, 하나는 새하얗네요?"

이선우팀에서 준비한 죽은 자줏빛이 도는 단팥죽이었다. 단팥죽의 한가운데에는 하얀 새알심이 하나 고명으로 얹어져 있었다.

양혜석팀이 준비한 죽은 새하얀 마 타락죽이었다. 타락은 우유를 이르는 옛말로 임금님들이 몸이 허약해졌을 때 궁중 보양식으로 먹던 죽이 바로 타락죽이다.

양혜석팀은 여기에 마를 더해 더 부드럽고 영양가가 높은 타락죽을 만들었고, 타락죽의 한가운데에는 절반으로 자른 연근 부각이 V 자 모양으로 꽂혀 있었다.

일단 사람들은 자줏빛 단팥죽의 맛이 더 강렬해 보여서 그런지 대부분 일단 하얀 타락죽에 먼저 숟가락을 가져갔다. 한 입 떠먹어 본 주한 대사들은 고소하고 부드러운 식감에 눈을 동그랗게 뜨며 감탄에 마지않았다.

"와우, 이거 우유가 들어간 것 같은데요? 진짜 맛있어요. 스프랑 비슷한데 뭔가 좀 다르네요."

프랑스 대사가 먼저 한마디 하자, 다른 대사들은 공감한다는 듯이 고개를 끄덕였다. 그리고 곧이어 바삭바삭 하는 소리가 이어졌다. 이건 마 타락죽에 꽂혀 있던 연근부각을 먹는 소리였다.

"이건 과자가 봐요. 바삭바삭하네. 살짝 달달하면서요."

"그건 연근이에요."

대통령 김현문이 말하자, 몇몇 대사가 연근이 뭐냐고 물었다. 김현문은 연꽃의 땅속줄기를 말하는 건데, 혈액 생성에 도움을 줘서 빈혈 예방에 좋다며 어디선가 들었던 설명을 해주었다.

"오, 몸에도 좋고, 바삭바삭 맛있는 것이군요."

주한 대사들이 좋아하며 연근부각을 와작와작 씹어 먹는데, 김현문의 옆에 앉은 영부인 박희영이 그의 귓가에 속삭였다.

"아니, 여보, 그런 건 어디서 알았어요? 나도 잘 모르는데?"

"몰라, 어디선가 들은 기억이 있네. 하하하. 당신은 이 타락죽 어때?"

"속 달래기에 좋네요. 연근부각도 잘 어울리고요."

사실 박희영은 이선우가 만들 메뉴를 아까 슬쩍 물어봐서 알고 있었다. 하지만 모르는 척하기 위해 마 타락죽에 대해 적당한 칭찬을 했다. 물론 거짓말도 아니었다. 달지도 않고, 짜지도 않고 고소하고 부드러운 것이 본격적인 식사 전에 먹기 딱 좋았다.

"그렇지? 나도 그런 것 같아. 허허."

다음으로 대사들은 단팥죽을 맛보기 시작했다.

"오, 달달하네요."

"여기 이 가운데 하얀 거 드셔들 보셨어요?"

단팥죽을 먹던 벨기에 대사가 말했다.

"쫄깃한 떡 안에 달달한 밤이 들었어요. 게다가 이 곁에 단팥이 묻어 있어서 꼭 우리나라 초콜릿 비슷한 맛이 나네요.

벨기에에도 이것처럼 땅콩 같은 게 들어간 초콜릿이 있거든
요. 쫄깃한 식감은 좀 다르지만요. 요건 완전 디저트인데요?"

벨기에 대사의 말에 새알심을 먹어본 다른 대사들도 고개
를 끄덕였다. 단팥죽은 대사들보다는 대사들의 부인들이 좋
아하는 듯했다.

"이거 행복해지는 달콤한 맛이네요!"

미국 대사의 부인은 행복한 미소를 지으며 감탄했고, 이에
박희영이 맞장구를 치며 말했다.

"그렇네요. 난 여자라서 그런지 달달한 게 좋아요. 호호호."

그러자 김현문이 대사들과 부인들을 둘러보며 말했다.

"자, 이제 두 가지 요리를 천천히 잘 음미하면서 드신 다음,
어떤 죽이 더 맛있으셨는지 결정해서 꽃잎을 그릇 안에 넣어
주세요. 서로 상의는 하지 마시고, 각자 자신의 입맛대로 골
라주시길 부탁드립니다."

현문의 말이 끝나자 대사들은 이제 말없이 두 가지 죽을 번
갈아가며 맛을 보았다.

*　　　　*　　　　*

잠시 후, 서빙 직원이 빈 그릇들이 담긴 무빙 트레이를 끌고
주방으로 들어왔다. 윤이령이 에피타이저를 접시에 담다 말고

얼른 서빙 직원에게 다가가 물었다.

"첫 번째 대결 결과 나왔어요?"

"네! 여기 그릇들 세어보시면……."

서빙 직원의 말이 끝나기가 무섭게 윤이령이 그릇을 세기 시작했다.

"하나, 둘, 셋……."

이선우 팀의 막내 셰프인 최용준도 얼른 다가와 자기 팀 그릇을 세었다.

"하나, 둘, 셋, 넷……."

각 팀의 다른 셰프들은 에피타이저를 준비하느라 분주했지만 그 와중에도 귀는 쫑긋 세우고 그들의 숫자 세기를 듣고 있었다.

"와!"

환호성을 지른 건 최용준이었다.

"우리 팀 그릇이 11개예요! 저쪽은 7개고요. 우리가 이겼어요! 아하하하!"

"오! 좋았어!"

막내 셰프의 말에 이선우 팀은 환호했고, 이령은 시무룩해서 고개를 돌려 양혜석을 쳐다보았다. 이에 혜석과 호검, 선희는 애써 담담한 표정을 지어보였다.

그런데 그때, 서빙 직원이 당황한 표정으로 조심스럽게 말문을 열었다.

"저, 저기… 죄송한데, 그게 아니에요."

"네?"

윤이령과 최용준이 눈을 동그랗게 뜨고 동시에 서빙 직원을 쳐다보았다.

"결과는 반대예요. 왜냐하면 맛있다고 선택하신 그릇들은 오찬장 한쪽에 쌓아두고, 나머지 그릇만 수거해서 가져온 거거든요."

"네에? 와아!"

이번엔 윤이령이 양손을 하늘로 뻗으며 환호성을 질렀다. 나선희는 폴짝폴짝 뛰며 좋아했고, 혜석과 호검은 서로를 쳐다보며 미소 지었다.

반면 이선우 팀은 분위기가 싸늘해졌다. 최용준은 눈치를 보며 다시 자기 자리로 돌아와 맡은 일을 하기 시작했다.

곧 다른 서빙 직원이 주방으로 들어와 말했다.

"에피타이저 준비는 다 되셨나요?"

"거의 다 됐습니다."

호검이 토마토동치미국수 위에 잣소스에 버무린 대하를 얹으며 대답했다.

토마토동치미국수는 아까 죽 그릇보다는 조금 더 큰 노란 빛깔의 도자기 그릇에 담겨 있었는데, 이것은 각 코스의 그릇들이 통일성이 없도록 하라는 요구에 따른 것이었다.

그래서 이선우 팀에서도 아까 하얀 죽 그릇과는 달리 투박한 질그릇에 에피타이저를 담아냈다.

이선우 팀에서 준비한 에피타이저는 두 가지 소스를 곁들인 두 가지 전복말이였다.

두 가지 전복말이는 전복무쌈말이와 전복떡쌈말이였는데, 전복무쌈말이는 초절임한 얇은 무 안에 구운 전복과 표고버섯, 파프리카를 넣어 만 것이었고, 이 전복무쌈말이 위에는 갈색 소스가 흩뿌려져 있었다. 전복떡쌈말이는 쫄깃한 떡 안에 데친 전복과 무순, 양배추가 들어가 있었는데, 이건 노란색 소스가 곁들여져 있었다.

에피타이저가 오찬장으로 나가기 직전, 나선희가 이선우 팀 에피타이저를 보더니 윤이령에게 속삭였다.

"오, 뭔가 되게 양식처럼 준비했다, 그치?"

"그러게. 우린 너무 담백한 걸로 준비했나?"

"맞아, 저기 소스 색깔을 보니까 뭔가 진한 맛이 날 것 같은데 말야."

나선희와 윤이령은 이선우 팀의 갈색과 노란색 소스가 뭔지 궁금하다면서 서로 속닥였다.

그러는 사이, 서빙 직원들이 양혜석 팀과 이선우 팀의 에피타이저를 모두 가지고 나갔다.

대사들과 부인들 앞에 두 가지 에피타이저 요리가 놓이자, 다들 활짝 웃으며 기대하는 표정을 지었다. 대통령 김현문이 이번에도 서빙 직원에게 전달받은 요리 이름을 알려주었다.

"자, 그 노란빛 그릇에 담긴 건 토마토동치미국수랍니다. 그리고 접시에 담긴 건 전복말이고요. 드셔보세요."

양혜석 팀이 준비한 토마토동치미국수는 동치미 국물에 토마토를 갈아 넣고 배와 오이, 대하 고명을 얹은 담백한 에피타이저였다. 양혜석은 담백한 맛을 추구하는 편이라 전체적인 요리를 담백하게 만들길 원했다. 그래서 호검은 그녀가 원하는 대로 담백한 맛을 살릴 수 있도록 토마토만 첨가해서 퓨전식 국수를 만들어냈다.

먼저 많은 사람들이 토마토동치미국수의 국물을 떠먹었다.

"와, 시원하고 새콤달콤하고 맛있네요."

"새콤해서 입맛도 돋워주고, 깔끔하니 좋아요."

사람들은 이어 잣소스를 묻힌 대하와 국수를 함께 먹어보고는 고개를 끄덕였다.

역시 김현문은 담백하고 깔끔한 맛을 선호해서 그런지 토마토동치미국수를 좋아했다.

"시원하고 좋네요. 하하하."

국수를 맛 본 다음 사람들은 이제 포크로 전복말이를 찍었다. 다들 전복말이 안에 뭐가 들었는지 한참을 들여다보다가 접시에 예쁘게 그려진 소스를 찍어 입으로 가져갔다. 먼저 노란색 소스를 묻혀 전복떡쌈말이를 먹은 사람들은 콧구멍이 커졌다.

"아, 이거 겨자가 들어간 소스군요! 살짝 쏘는 맛이 있어요. 고소하기도 하고요. 맛있게 쏘는 맛이에요. 호호호."

전복떡쌈말이를 맛보던 영부인 박희영이 웃으며 말했다. 박희영의 말대로 노란색 소스는 땅콩을 넣은 겨자소스였다.

박희영은 대사들의 눈치를 슬쩍 보았는데, 반응은 좋은 듯했다. 그녀의 옆에 앉은 김현문도 맛있다는 평을 했다.

그리고 이어 사람들은 전복무쌈말이를 갈색 소스에 묻혀 맛을 보았다.

"아삭한 무와 탱글한 전복, 쫄깃한 표고가 어우러져서 식감이 아주 좋네요. 그런데, 이 갈색 소스는 도대체 뭐죠? 처음 먹어보는 소스 같은데……."

러시아 대사가 궁금해 하며 김현문에게 물었다. 그러자 옆에 있던 일본 대사가 작은 목소리로 중얼거렸다.

"된장 맛이 나는 것 같은데……."

"잠시만요. 이거 무슨 소스인지 좀 알아 와봐요."

김현문은 서빙 직원 하나에게 갈색 소스에 대해 알아 오라고 시켰다. 서빙 직원은 주방으로 들어가서 물었다.

"전복무쌈말이에 뿌려진 갈색 소스가 무슨 소스냐고 물으시는데요?"

"아, 그거 된장으로 만든 소스예요. 된장, 요거트, 오미자청이 들어간 소스라고 알려 드리세요."

송현서가 채소를 썰다가 멈추고는 얼른 서빙 직원에게 다가가 설명했고, 서빙 직원은 다시 주방을 나갔다.

송현서의 말을 들은 혜석 팀의 셰프들은 역시 그들의 추측이 맞았다는 듯 서로 눈빛을 주고받았다. 그러고는 다시 열심히 다음 요리 준비에 열중했다.

한편, 된장 소스라는 설명을 들은 대사들은 대부분 깜짝 놀랐다. 그들 중에는 된장을 싫어해서 안 먹는 사람도 있었는데, 이 소스는 거부감 없이 먹을 수 있었다며 극찬을 했다. 박희영은 은근한 미소를 지으며 만족해했다.

'아까 단팥죽은 졌으니 이번 에피타이저는 무조건 이겨야 해. 아니지, 앞으로 쭉 다 이겨야지. 단팥죽도 맛은 있었는데, 팥 자체가 좀 텁텁한 재료라······.'

박희영은 차라리 벨기에 대사가 말한 것처럼 초콜릿 느낌으로 경단에 팥죽을 묻혀 디저트로 나왔으면 분명히 이겼을 거라고 생각했다. 아까 단팥죽이 진 이유는 단맛이 디저트였으면 더 좋았을 거란 것과 텁텁한 맛이 입맛을 돋우는 데 별로였다는 이유였기 때문이다.

'그래, 이번엔 제대로 입맛 돋우는 느낌이야. 재료도 좋고.

확실히 이길 거야. 국수는 좀 약하잖아? 전복 정도는 돼야지.'

잠시 후, 두 번째 요리의 결과가 나왔다. 서빙 직원이 무빙 트레이를 끌고 주방으로 다시 들어오자 이번에도 역시 궁금한 걸 참지 못하는 윤이령이 쪼르르 그 앞으로 달려 나갔다. 이선우 팀의 막내 셰프인 최용준도 마찬가지로 달려와 또 그릇을 세기 시작했다.

"하나, 둘, 셋,⋯⋯."

"후우. 이번엔 우리가 이겼어요!"

속으로 접시 수를 세던 최용준이 안도의 한숨을 내쉬더니 물개 박수를 치며 좋아했다. 서빙 직원이 가져온 그릇은 양혜석 팀의 노란빛 그릇이 더 많았던 것이다.

이번 에피타이저 대결은 10대 8로 이선우 팀의 승리였다. 이선우 팀은 서로 가볍게 하이파이브를 했다.

"에이, 좀 더 강한 맛으로 했어야 했나 봐요. 그쵸, 명장님?"

윤이령이 아쉬운 듯 혜석에게 말하자, 양혜석이 인상을 살짝 찌푸렸다.

"그런가⋯⋯. 역시 좀 강한 맛을 좋아하나? 강 셰프, 강 셰프 말대로 새우튀김을 고명으로 얹을 걸 그랬나 봐."

사실 호검은 토마토동치미국수가 심심할 수 있으니 가지를 만 새우튀김을 얹자고 했었다. 시원하고 새콤달콤한 국수라

튀김 요리를 얹어도 느끼하지 않고 잘 맞을 거라고 말이다. 하지만 혜석이 시원하고 담백한 맛을 해칠 수 있다면서 튀김이 아닌 데친 대하를 잣소스에 버무리자고 했던 것이다.

"뭐, 이미 지난 거니까 신경 쓰지 마세요. 다음 요리들에서 이기면 되죠."

호검은 다른 셰프들을 위로하며 다음 요리 준비에 박차를 가했다. 다음 요리는 생선과 고기 요리라서 다들 방금의 결과는 금방 잊고 정신없이 요리를 만들었다.

생선과 고기 요리는 약간 시간이 걸려서 다들 분주하게 움직였다. 그사이 김현문과 대사들은 대화를 나누고 있었다.

"요리사들이 다들 실력이 대단하신데요? 방금 에피타이저는 정말 고르기 어렵더라고요."

싱가포르 대사가 말했다. 그러자 옆에 앉은 싱가포르 대사 부인이 웃으며 말했다.

"그래도 난 거부감 없는 된장소스가 신기해서 그걸 골랐어요."

반면 김현문의 바로 옆에 앉아 있던 일본 대사는 깔끔한 국물 맛이 좋다면서 토마토동치미국수를 칭찬했다. 그러고는 슬쩍 김현문에게 속삭였다.

"아까 그 토마토동치미국수 국물을 좀 얻어 갈 수 없을까요?"

김현문도 사실 그 토마토동치미국수를 에피타이저가 아닌 메인 요리로 배불리 먹고 싶은 생각이 들었었기에 이따가 대결이 끝나면 물어볼 요량이었다.

"이따가 주방에 알아볼게요. 굉장히 맛있으셨나 봐요?"

"하하, 네."

이런 저런 대화를 몇 마디 하다 보니 드디어 메인 요리인 생선과 고기 요리가 나왔다.

하나는 정 사각형의 접시에, 또 다른 하나는 정원형 접시에 나왔는데, 둘 다 앞선 요리들보다 양도 푸짐하고 더 공을 들인 티가 났다.

"와! 역시 메인 요리라서 그런가, 아주 먹음직스럽네요!"

"뭐부터 먹어봐야 하나……."

사람들은 모두 고민에 빠졌는지 양손에 포크와 나이프를 든 채 요리를 탐색하고 있었다.

"이 둥근 접시에는 생선 요리만 있는 것 같네요? 고기 요리는?"

김현문이 서빙 직원을 쳐다보며 물었다. 정사각형 접시는 네 칸으로 살짝 구분되어 있어 각 칸에 요리들이 담겨 있었다. 하지만 정원형 접시에는 한 종류의 요리만 담겨 있었다.

서빙 직원이 무언가를 말하려는데, 다른 서빙 직원이 뚜껑이 덮인 사기로 된 작은 냄비와 기다란 접시를 서빙하기 시작했다.

"이건 둥근 접시에 담긴 요리와 세트예요."

"아, 그럼 이게 고기 요리겠군요."

김현문이 그제야 고개를 끄덕였다. 일단 기다란 접시에는 동글동글하게 뭉쳐진 작은 밥 덩어리 4개가 일렬로 놓여 있었다. 그 위에는 깨가 뿌려져 있었다.

"이 밥은 이 냄비 속에 있는 고기와 함께 먹는 건가 보네요."

박희영이 웃으며 설명했고, 역시 사람들은 뚜껑으로 덮인 냄비 안에 든 것이 궁금해서 얼른 뚜껑을 열어보았다. 뚜껑을 열자 안에서는 달큰하고 짭쪼름한 냄새가 퍼져 나왔다.

"오, 이거 갈비찜? 그 냄새랑 비슷한데, 갈비찜인가?"

대부분의 주한 대사들은 갈비찜은 다 알고 있었기에 입맛을 다셨다.

냄비 안을 들여다보니 그 안에는 푸릇푸릇한 껍질콩과 대파가 윤기가 좔좔 흐르는 진한 초콜릿빛의 고기 덩어리들과 버무려져 담겨 있었다.

"오, 갈비찜 맞나 봐. 갈비찜색이랑 비슷해요."

하지만 김현문이 보기에는 갈비찜과는 조금 달라 보였다. 이윽고 그가 서빙 직원에게 물었다.

"이거 뭐예요?"

　　　　*　　　　*　　　　*

"소이소스(Soy Sauce) 찹스테이크랍니다."

서빙 직원이 말했다. 그러자 옆에 있던 일본 대사가 물었다.

"소이소스면 간장이죠?"

"네, 맞을 거예요. 냄새가 간장을 베이스로 한 양념을 한 거 맞네요."

김현문이 코로 크게 숨을 들이마시며 냄새를 확인하더니 고개를 끄덕였다.

"근데 뭐부터 먹어봐야 할지 굉장히 고민되네요. 하하하. 다 맛있어 보이니……."

"각 요리를 간단히 설명해 주시겠어요? 그럼 먼저 먹을 요리를 선택하는 것에 도움이 될 것 같은데."

독일 대사가 김현문에게 말하자, 그는 서빙 직원을 쳐다보았다. 그러자 그녀는 주머니에서 쪽지 하나를 꺼내더니 설명을 시작했다.

"이번 요리는 여러 개라서 설명을 써 주셨어요. 음, 일단 방금 나온 소이소스 찹스테이크는 같이 낸 동그란 주먹밥과 함께 드시면 된다고 하셨고요. 동그란 접시에 담긴 요리는 청양고추 크림소스를 곁들인 연어구이입니다."

대사들의 시선은 서빙 직원의 설명에 따라 이리저리 움직였다.

"아, 이 크림소스에 점점이 보이는 초록색이 청양고추인가 보군요."

연어구이는 하얀색 소스 위에 얹어져 있었는데, 연한 주홍빛 연어의 위에는 채 썬 초록색 풀이 뭉쳐져 올라가 있었다.

"연어 위의 이 초록 풀은 뭔가요?"

연어구이를 살펴보던 일본 대사가 물었고, 다른 대사들도 궁금하다는 듯 서빙 직원을 쳐다보았다. 서빙 직원도 그 위에 얹어진 풀에 대한 정보는 듣지 못했는지 우물쭈물하며 서 있는데, 프랑스 대사가 그 풀에 코를 가져다 대보더니 말했다.

"이거 바질이네요. 향이 아주 좋죠."

이 연어구이 요리는 이선우 팀의 요리였다. 사실 송현서는 바질 대신 깻잎을 넣자고 했지만, 이선우가 반대했다. 그가 WCC 세계요리월드컵에 나가서 깻잎을 곁들인 돼지고기 요리를 했다가 깻잎에 대한 호불호가 갈려 4위에 그쳤기 때문이다.

서빙 직원은 이제 네 구역으로 나눠진 정사각형의 접시에 담긴 요리를 설명하기 시작했다.

"사각 접시의 위쪽 두 개는 백김치와 으깬 감자, 아래쪽 두 개는 맥적구이와 흑임자마늘소스를 곁들인 어선입니다."

"맥적구이? 어선? 그게 뭔가요?"

대사들의 물음에 서빙 직원은 쪽지를 계속해서 읽어나갔다.

"맥적구이와 어선은 옛날 우리나라의 궁중에서 먹었던 음식들입니다. 맥적구이란 돼지고기 된장구이라고 설명할 수 있겠는데요, 돼지고기 목살에 된장과 부추, 달래 등을 넣어 만든 소스를 발라 구운 것입니다. 된장 양념을 한 것이라서 조금 짤 수 있으니 함께 나온 매시드 포테이토(으깬 감자 요리)를 곁들여 드시면 좋습니다."

"음, 근데 달래는 뭐죠?"

달래라는 이름을 처음 들어보는 스위스 대사가 물었다.

"아, 난 그거 얼마 전에 먹어봤어요! 맛있어요. 한국, 중국, 일본에서만 나는 식물인데, 달래는 간장에 넣어서 밥 비벼 먹고 그래요. 향도 있고, 살짝 단맛도 나고. 아무튼 먹어보면 알아요."

의외로 벨기에 대사가 달래를 먹어봤다면서 알은척을 했다.

"부추는요……?"

"난 그건 모르는데……."

"부추도 동아시아 쪽에서만 나는 식물이에요. 이것도 먹어보면 아는데, 음, 건강에 좋은 야채예요."

일본 대사가 끼어들어 설명을 했고, 서빙 직원은 고개를 끄덕였다.

"네, 음, 아무튼, 다음으로 어선은 흰살생선으로 달걀, 오이, 당근, 표고버섯 등을 넣고 말아서 쪄낸 음식인데요, 오늘 나온 어선은 대구 살로 만들었답니다."

오늘 준비된 어선은 쪄내기만 한 것이 아니라 찐 다음 버터를 바른 팬에 겉면을 노릇하게 구워냈고, 흑임자마늘소스를 곁들였다. 겉면을 구워내는 것과 마늘소스를 만들어낸 것은 호검의 아이디어였다.

흰살생선이 워낙 부드러워서 굽다 보면 겉면이 부서질 수 있기 때문에 호검은 겉면에 전분을 묻혀 살살 굴려가며 조심스럽게 어선을 구웠다. 그래서 겉면은 먹음직스럽게 노릇했고, 단면은 하얀 대구 살 안에 알록달록한 채소가 들어 있어 보기에 굉장히 예뻤다.

"오, 너무 예뻐서 먹기에 아까울 정도예요."

벨기에 대사의 부인이 어선의 모양에 감탄하며 말했다. 다른 사람들도 이 모양을 어떻게 만들었냐고 궁금해하며 감탄했다.

"자, 이제 얼른 시식을 시작해 봅시다."

대통령 김현문이 입맛을 다시며 말하자, 사람들은 각자 자신이 가장 맛있어 보이는 요리를 포크로 집었다.

대사들의 부인들은 대부분 모양이 너무 예쁜 어선부터 맛을 보았다.

영부인 박희영도 아까부터 어선을 요리조리 관찰하고 있었다.

'모양만 예쁜 걸 수 있어. 맛은⋯⋯.'

그녀는 맛은 없기를 바라면서 어선을 흑임자마늘소스에 듬뿍 찍어 입에 넣었다. 어선을 입에 넣자마자, 그녀의 입안에서는 아삭한 채소와 쫄깃한 버섯, 겉면은 바삭한데 속살은 부드러운 대구 살, 은은한 마늘향이 느껴지는 고소한 소스까지 한데 어우러져 환상적인 맛의 향연이 펼쳐졌다.

"으음! 읍."

박희영은 너무 맛있어서 절로 입에서 신음 소리가 나왔고, 얼른 입을 다물고 주변 눈치를 보았다.

어선을 맛본 사람들은 모두들 눈을 휘둥그레 뜨거나 눈을 감고 행복한 표정을 짓고 있었다.

'이거 정말 맛있어⋯⋯. 정말⋯⋯.'

박희영은 이번 생선과 고기 요리 대결의 결과가 어떻게 될지 불안감에 휩싸였다.

'지금 1 대 1인데, 이걸 지게 되면⋯⋯. 아냐, 이선우 셰프 것도 맛있을 거야.'

박희영은 얼른 연어구이를 칼로 조금 잘라 입에 넣었다.

살짝 매운맛이 감도는 크림소스와 바질 잎은 연어구이와

조화가 좋았다.

물론 맛있었다.

하지만, 어선만큼은 아니었다.

'으, 이건 졌어……. 아냐, 고기 요리는 이선우 셰프 것이 더 맛있을 수 있어. 외국인들은 된장보다 달달한 간장 양념을 더 좋아하지!'

박희영이 이번엔 소이소스 찹스테이크를 맛보았다. 아삭한 껍질콩과 달큰한 대파, 짭쪼름한 갈빗살의 맛이 한꺼번에 느껴졌다. 갈비찜 맛과 조금은 비슷하지만 감칠맛도 더 좋았다. 그리고 작게 뭉쳐서 나온 밥도 한 덩어리 집어 입에 넣어 씹었는데, 그녀는 깜짝 놀랐다.

"어머, 밥 안에 무가 들었네?"

밥 안에는 동치미에 있는 무가 들어 있었다. 달지 않고 새콤하고 살짝 간간한 큐브 형태의 무가.

'이건 안 맛있을 수가 없어. 된장소스를 바른 맥적구이는 분명 호불호가 갈릴 거야.'

박희영의 긴장했던 표정이 이제야 좀 풀어졌다. 그녀는 김현문에게 슬쩍 물었다.

"어때요? 뭐가 제일 맛있어요?"

"아직 맥적구이 안 먹어봤어. 가만있어 봐."

김현문은 맥적구이에 백김치를 얹어 입에 넣었다. 이어 매시드 포테이토도 함께 입안에 넣었다.

박희영은 김현문이 맥적구이를 입에 넣고 몇 번 씹자마자 조심스럽게 물었다.

"된장 맛 나지 않아요?"

"아니."

박희영의 물음에 김현문은 딱 잘라 대답했다.

"이거 된장 맛 안 나고 감칠맛이 아주 기가 막힌데? 게다가 와, 담백해. 근데 이거 뭐지? 감자에 톡톡 터지는 알갱이 같은 게 있어."

"된장을 발라 구웠는데 된장 맛이 안 난다니, 말도 안 돼요. 당신 미각이 좀……."

박희영이 김현문에게 거짓말을 하는 것 아니냐며 핀잔을 주고는 자신도 맥적구이를 맛보았다.

"어때? 된장 맛 나? 안 나지? 내 말이 맞지?"

박희영은 아무 대답도 하지 못했다.

'에이, 이건 또 왜 어떻게 했길래 된장 맛도 안 나고 이렇게 맛있는 거야……'

김현문은 박희영의 무응답이 긍정이라는 것을 알고 있었다. 그는 계속해서 맥적구이를 먹으며 중얼거렸다.

"허허허. 요 으깬 감자에 톡톡 터지는 건 밥알인가 보네. 식감이 재밌구만."

박희영은 짜증이 난 듯한 표정으로 이젠 다른 사람들을 관찰했다. 다른 사람들은 모든 메뉴를 맛있게 먹고 있는 듯 했다.

박희영은 초조했지만 외국인들 입맛은 자신과 다를 것이라고 스스로 위로하며 어선을 집어 들었다.

'아무튼 이게 맛있긴 맛있어……'

그녀는 어선을 한 입에 쏙 집어넣고 오물오물거렸다.

잠시 후, 생선과 고기 요리 시식이 마무리되고 선택의 시간이 왔다. 독일 대사가 물었다.

"이번엔 4가지 요리였는데, 그중에 가장 맛있는 요리 하나에 꽃잎을 놓으면 되나요?"

"아, 그게 아니라, 생선과 고기 요리는 두 가지가 세트예요. 그러니까 맥적구이와 어선이 한 가지 요리라고 생각하고, 찹스테이크와 연어구이가 한 가지 요리라고 생각해서 둘 중 한 가지에 꽃잎을 놓으시면 되는 거죠."

대사들은 김현문의 설명을 이해했다는 듯 고개를 끄덕였고, 하나둘씩 접시에 꽃잎을 놓기 시작했다.

결과는 12 대 6.

박희영의 예상대로 양혜석 팀의 압승이었다. 결과가 나오자 그제야 대사들은 서로 방금 요리들에 대한 평을 마구 쏟아내기 시작했다.

"와, 한국 궁중요리는 정말 멋진 요리가 많네요. 너무 맛있었어요."

"밥 알갱이가 섞인 매시드 포테이토에 맥적구이. 거기다 백김치. 이건 뭐 다 내 입맛에 딱이던데요!"

"찹스테이크를 간장에 조린 것도 맛있긴 했는데, 그건 좀 익숙한 맛있는 맛이라면, 맥적구이는 신세계였어요. 달래라는 풀과도 잘 어울렸고요."

"이 중 최고는 어선이었죠! 너무 맛있어요. 또 먹고 싶네……."

아무래도 서양인들의 입맛에 맞추기 위해 그들의 입맛에 익숙한 요리를 낸 것이 이선우 팀의 패인인 듯했다. 박희영은 입술을 깨물었다.

'으… 이렇게 되면 야채 요리랑 후식은 무조건 이겨야 하는데…….'

한편, 주방에도 양혜석 팀의 압승 소식이 전해졌고, 양혜석은 호검에게 고마움을 전했다.

"강 세프 말대로 하길 잘했어. 마늘소스도 그렇고, 매시드 포테이토? 그것도 내가 맥적구이와 먹어보니 기막힌 조합이었지. 오호호호."

"뭘요. 전 그냥 숟가락만 얹었죠. 기본 궁중요리가 워낙 맛있는 것들이 많아서… 하하하."

"오호호호. 아무튼 우리 끝까지 열심히 해보자고."

"네!"

양혜석 팀은 의기양양하게 야채 요리를 접시에 세팅하기 시작했다.

반면, 이선우 팀 분위기는 조금 침울했지만, 송현서는 다른 팀원들을 달래며 애써 침착하게 야채 요리를 준비했다.

이선우 팀의 야채 요리는 아이스크림을 담는 듯한 깊은 볼에 담겼고, 양혜석 팀의 야채 요리는 기다란 잎사귀 모양의 접시에 담겼다.

이선우 팀의 야채 요리는 표고버섯튀김과 떡튀김을 곁들인 유자청 샐러드였고, 양혜석 팀의 야채 요리는 토마토고추장 양념을 해서 구운 더덕을 얹은 두부선이었다.

"두부선은 으깬 두부와 다진 닭고기 등을 섞은 후에 다시 모양을 잡아 찐 것입니다."

"이것도 한국에서 전해져 내려오는 궁중요리인가요?"

네모난 두부선을 구경하던 싱가포르 대사가 물었다.

"네, 이것도 궁중요리인데요, 위에 이렇게 더덕이 올라가진 않습니다. 이건 요리사님이 두부선과 잘 어울리도록 조금 응용해서 만드신 거랍니다."

"오, 그렇군요. 빨간 더덕이 좀 매워 보이긴 합니다만……."

외국인 대사들은 더덕이 새빨개서 매울까 봐 조금 걱정을 하는 듯했다.

"그럼 제가 먼저 먹어보고 말씀을 드릴까요?"

김현문이 말과 동시에 입에 더덕구이를 얹은 두부선을 넣었다. 다른 사람들은 다들 김현문을 주시했다.

잠시 맛을 음미하던 김현문이 이내 고개를 휘휘 저으며 말했다.

"살짝 매콤한 정도예요. 칠리소스? 그 정도는 다들 드시잖아요?"

"오, 그렇군요. 그럼 안심하고 먹어보겠습니다. 하하하."

대사들과 부인들은 이제 안심이 되는지 두부선을 맛보기 시작했다. 그리고 이어 표고버섯튀김과 떡튀김을 곁들인 유자청 샐러드를 맛보았다.

"아, 이거 살짝 매콤하고 부드러운 두부선을 먹고 난 다음에 요 샐러드를 먹으니 아주 좋네요. 이 두 요리는 같이 잘 어울리네요. 하하하."

두 가지 야채 요리를 이어 맛본 독일 대사가 불쑥 말했다. 그러자 다른 사람들도 공감한다는 듯 고개를 끄덕였고, 두 가지 요리를 번갈아 먹었다.

거의 시식이 끝난 듯하자, 김현문은 또 더 맛있는 요리를 골라달라고 부탁했다.

"아, 이거 오늘 맛있는 음식 많이 먹어서 좋긴 한데, 무슨 시험 보는 것 같아요. 고르기가 너무 어렵네요. 하하."

"그러게요."

미국 대사의 말에 옆에 앉은 스위스 대사가 맞장구를 쳤다. 그들의 말대로 이번 야채 요리는 직전의 생선과 고기 요리보다 선택하는 시간이 더 오래 걸리는 듯했다.

사람들은 한참 고민하다가 하나둘씩 꽃잎을 떨어뜨리기 시작했다.

*　　　*　　　*

"오!"

"어허허허!"

야채 요리는 9 대 9로 동점이 나왔다.

"이번 야채 요리는 동점이네요!"

똑같은 개수로 나란히 쌓여 있는 그릇과 접시를 보고 대사들이 외쳤다.

"지금 양쪽 팀이 각각 몇 점일지 굉장히 궁금하네요. 어떤 요리가 어느 팀 것인지 알 수가 없으니……."

"한쪽 팀이 지금까지 다 이겼을지도 모르는 일이죠. 아, 이번 야채 요리 결과로 한 번은 비겼겠네요."

"아휴, 전 배가 불러 죽겠는데, 맛있어서 다 먹었네요. 이제 후식만 남았죠?"

프랑스 대사의 부인이 웃으며 말하자, 프랑스 대사가 걱정스럽게 물었다.

"당신은 배가 그렇게 불러서 후식 먹을 수 있겠어요?"

"호호호. 에이, 후식 들어갈 배는 따로 있죠!"

프랑스 대사 부인의 말에 다른 부인들도 따라 웃었다. 그녀들도 후식을 먹을 배는 남아 있었던 것이다.

이번 야채 요리가 비겼다는 소식은 주방에도 전해졌다.

"죽은 우리가 이겼고, 에피타이저는 이선우 팀, 생선과 고기 요리는 우리, 그리고 야채 요리는 비겼다면, 2승 1무 1패네. 그럼 마지막 후식에서 우리가 지면 비기게 되네? 그럼 어떻게 되는 거지?"

윤이령이 손가락으로 승패를 꼽아보더니 나선희에게 물었다.

"그러게. 비기면 또 다른 요리로 겨루게 되나?"

"후식에서 이기면 되지."

양혜석이 다가와 차분하지만 강한 어조로 말했다.

"네, 이겨야 머리가 안 아프겠네요!"

나선희가 주먹을 꽉 쥐며 의지를 다졌다.

이제 결과는 마지막 요리인 후식에 달렸다고 해도 과언이 아니었다.

이선우 팀은 후식에서 이겨야 추가 기회라도 얻을 수 있으니 후식에 더 공을 들여야 했다.

"다들 모여봐."

이선우가 안 되겠는지 팀원들을 불러 모으더니 무언가 상의를 했다.

혜석 팀은 지금 차만 잔에 담고 우메기떡 위에 콩가루만 뿌리면 바로 후식을 내갈 수 있는 상황이었다. 우메기떡은 개성 주악이라고도 불리는데, 찹쌀가루와 밀가루를 막걸리와 물로 익반죽해서 기름에 지져낸 다음 생강즙과 꿀을 혼합한 집청 꿀에 담갔다가 먹는 한국식 찹쌀도넛 같은 음식이었다.

"이제 콩가루 뿌릴게요."

나선희가 콩가루가 담긴 그릇을 집어 들며 말했다.

그런데 그때, 호검이 나선희를 막더니 양혜석에게 말했다.

"잠깐만요. 명장님, 제가 뭘 좀 가져왔는데요."

호검은 자신의 가방에서 통 하나를 꺼냈다. 그 안에는 연노란빛의 가루가 담겨 있었다.

"이게 뭐야?"

"파르미지아노 치즈라고……. 우리가 피자에 뿌려먹는 짭짤

한 가루 치즈 있잖아요. 그거라고 보시면 돼요."

"아, 그래? 그런데 이걸 어디다 쓰려고?"

"콩가루 대신 이 치즈를 살짝 뿌리면 좋을 것 같아서 일단 가져와 봤어요."

"콩가루 대신에?"

양혜석은 조금 의심스러운 눈초리로 호검을 쳐다보았다.

"제가 어제 해 먹어봤는데, 정말 괜찮아요. 한번 드셔보세요."

호검은 얼른 여분의 우메기떡에 가져온 파르미지아노 치즈 가루를 뿌렸다. 양혜석과 두 제자는 떡을 잘라 맛을 보았다.

"음! 달달하기만 했던 떡에 살짝 짠 맛이 가미되니까 더 맛있는 거 같은데요?"

"치즈의 고소한 맛도 나고요. 콩가루는 고소하긴 한데 좀 텁텁한 감이 있잖아요. 게다가 외국 사람들은 치즈를 많이들 먹으니까……."

일단 윤이령과 나선희는 합격점을 주었다. 이령과 선희, 그리고 호검은 이제 양혜석의 판단만 기다리고 있었다.

양혜석은 천천히 맛을 음미해 보더니 고개를 끄덕였다.

"좋아, 잘 어울려. 콩가루 대신 이걸로 가자."

"네! 명장님!"

잠시 후, 두 팀의 후식이 완성되었고, 드디어 그들의 차와 디저트가 마지막 선택을 받기 위해 대사들의 테이블에 세팅되었다.

"오! 이건 케이크와 커피인 것 같은데요?"

서빙 직원이 대사들 앞에 이선우 팀의 후식을 놓자마자 대사들 중 몇이 말했다.

"그러게요. 딱 모양이 그렇네요. 아메리카노와 블루베리 생크림 케이크!"

정말 이선우 팀의 후식은 그렇게 보였다.

진한 갈색의 맑은 차와 새하얀 생크림 위에 블루베리 열매 하나. 생크림 아래로는 분홍색, 연노란색, 연두색의 빵이 보였다.

"아, 그 생크림 밑에 있는 게 빵이 아니라 떡이랍니다. 그건 블루베리 생크림 떡 케이크고요, 차는 커피가 아니라 치커리 차라고 하네요."

"와, 그래요? 허허허. 근데 정말 감쪽같이 우리 스타일 디저트 같군요."

미국 대사가 재미있다는 듯 웃었다.

"이게 아메리카노면 요건 라떼인데요? 살짝 노란빛이 나는 라떼예요. 이건 또 뭘로 만드신 걸지 궁금하네요."

이번엔 벨기에 대사 부인이 양혜석 팀의 차를 들어 보이며 물었다. 그러자 김현문이 서빙 직원에게 전해 들은 차의 이름을 알려주었다.

"아, 그건 라떼 맞습니다. 모과라떼래요."

"모과요? 어쩐지 라떼에 향긋한 냄새가 좀 나는 것 같았는데, 이게 모과 냄새였군요."

"그리고 같이 낸 그 동글납작하고 노릇한 떡의 이름은 우메기입니다."

"맛있겠네요. 호호호."

음식의 이름을 다 듣고 나자, 사람들은 일단 차를 한 모금씩 마셔보고 이어 떡을 맛보았다.

주방에서는 이제 더 이상 준비할 음식이 없으니 다들 손에 땀을 쥐고 결과를 기다리고 있었다.

"설거지라도 하고 있을까?"

"난 일이 손에 안 잡혀. 결과 듣고 맘 편히 할래."

나선희의 물음에 윤이령이 고개를 저으며 대답했다. 그러고는 양혜석에게 물었다.

"명장님, 어떻게 됐을까요?"

"음, 나도 모르지."

"저희가 이기면 강 셰프님과 함께 일하게 되는 거죠?"

"그렇지."

"이겼으면 좋겠어요, 정말."

선희가 기원하듯 두 손을 맞잡으며 말했다.

그때, 이선우 팀 사람들이 양혜석 팀 주방 쪽으로 다가왔다.

"저, 명장님, 결과 기다리면서 오늘 만든 음식이나 서로 나눠 드시죠."

양혜석도 이선우 팀의 요리들이 궁금했던 차라 이선우의 제안에 양혜석은 흔쾌히 그러자고 했다. 양혜석 팀과 이선우 팀은 완성된 요리를 올려놓는 테이블에 각 팀의 요리들을 펼쳐놓고 서로 상대 팀 음식을 맛보았다.

두 팀은 서로의 음식을 먹는 동안 아무 말도 하지 않았다. 그저 속으로 맛이 어떻구나 하고 생각할 뿐이었다. 이미 앞선 요리들은 결과가 나온 것들이었기에 그들은 서로가 준비한 후식을 더 신경 써서 맛보았다.

'음, 이건 정말 생크림 케이크 같은 느낌이네. 치커리 차도 거의 맛이 아메리카노 맛이야. 전혀 거부감이 있을 수 없는 안전한 디저트군.'

호검이 속으로 생각했다.

'달달한 찹쌀도넛에 생강 향과 치즈 맛을 입힌 것 같군. 맛있네……. 우리 전통 음식과 외국 음식의 접점을 잘 찾았어. 이건 강 셰프 아이디언가? 그렇겠지?'

이선우가 호검을 힐끗 쳐다보았다. 호검은 이선우가 쳐다보자 얼른 모과라떼를 건네주며 말했다.

"모과청을 조금 넣어 끓인 모과라떼예요. 지금은 좀 식었지만, 드셔보세요."

"고마워."

이선우는 모과라떼를 꽤 맛있게 먹었다. 모과 향이 정말 좋은 색다른 우유였다.

'이 친구는 칼 솜씨에, 요리 실력에, 요리 응용력까지 다 갖췄군. 대단해……. 뭐, 이런 친구라면, 나보다 더 나을 수도 있겠지…….'

이선우는 호검을 빤히 쳐다보며 잠시 생각에 빠졌다.

그런데 그때, 서빙 직원 하나가 주방 문을 밀고 들어오며 큰 소리로 외쳤다.

"셰프님들, 모두 오찬장으로 나오시랍니다!"

"결과 나왔어요?"

이선우 팀의 막내 셰프인 최용준이 자동 반사적으로 물었다. 그러자 서빙 직원은 웃으며 대답했다.

"네, 대통령님께서 셰프님들 모셔서 결과 발표하신답니다."

이선우 팀과 양혜석 팀은 떨리는 마음으로 오찬장으로 나갔다.

"오, 우리 셰프들 수고 많았습니다. 이분들이 오늘 요리를 준비한 셰프들입니다."

김현문은 대사들에게 여덟 명의 셰프를 소개했다.

"여기 양혜석 셰프는 우리 청와대 한식을 담당하는 조리장님이시고요, 한국의 궁중요리 명장이시기도 합니다."

"아! 그럼 아까 궁중요리라고 했던 어선과 맥적구이가 바로……"

"네, 맞습니다. 그 요리는 저희 팀 요리입니다."

양혜석이 맞다고 대답하자, 대사들은 서로 굉장한 요리였다고 칭찬을 했다. 그리고 대사들은 텔레비전에서 나온 걸 본적이 있다면서 호검과 이선우에게 알은척을 했다.

"저 분들은 텔레비전에서 많이 봤어요."

"네, 여기 이선우 셰프는 2006년에 열린 WCC 세계요리월드컵에서 아쉽게 4위를 하셨었죠. 텔레비전에도 많이 나오시는 스타 셰프시기도 하고요. 그리고 강호검 셰프는 중식 요리 대결에서 큰 활약을 보여줬었죠."

"오늘 요리에 중국 요리 느낌은 없었던 것 같은데……"

"아, 강 셰프는 여러 나라의 요리들을 다 잘한답니다. 하하하."

이선우와 양혜석은 각자의 팀에서 준비했던 요리들이 무엇이었는지 알리고, 대사들은 요리에 대해 궁금했던 점들을 물었다.

"우메기떡 위에 얹어진 건 치즈 가루 맞죠?"

"네, 맞습니다. 파르미지아노 레지아노 치즈예요."

"떡과 치즈가 참 잘 어울렸는데, 퓨전식으로 개발하신 거죠?"

"네, 우리 강 셰프가 낸 아이디어예요. 오호호호."

양혜석이 웃으며 대답하자, 이선우는 역시 예상대로라는 듯 고개를 끄덕였다.

독일 대사는 소이소스 찹스테이크가 인상 깊었는지, 이선우에게 말했다.

"아까 껍질콩이 들어간 찹스테이크는 한식과 양식의 절묘한 조화였어요. 밥 안에 들어가 있던 새콤한 무도 아주 신선했고요."

"감사합니다. 껍질콩이 비타민과 칼슘 등 영양이 굉장히 많죠. 그리고 고기 요리와 잘 어울리고요. 그래서 한번 함께 조리해 봤습니다."

이선우는 미소를 지으며 설명했다.

짧은 셰프들과의 대화가 끝나자, 김현문은 셰프들에게 잠시 대기하라고 한 후, 대사들을 배웅해 보냈다. 그리고 드디어 셰프들을 모아두고 결과를 발표했다.

"마지막 후식 대결은 우메기떡과 모과라떼가 승리했습니다. 이로써 양혜석 조리장 팀이 한식 연구소를 맡게 됐습니다. 이선우 팀도 수고 많았어요. 아쉽네요."

결과 발표를 들은 윤이령과 나선희는 대통령 앞임에도 불구하고 둘이 얼싸안으며 기쁨을 감추지 못했다. 양혜석과 호검은 그래도 차분하게 감사의 인사를 전했다.

반면 이선우 팀은 시무룩한 표정을 짓고 있었다. 이선우만 빼고.

이선우는 이미 박희영의 굳은 표정을 보고 대충 결과를 예상했기 때문에 별로 동요하지 않았다. 그리고 앞서 양혜석 팀의 요리를 맛보고 스스로 패배를 인정했기에 아쉽긴 했지만 담담했다.

이선우는 양혜석 팀에게 축하 인사를 하며 악수를 나눴다.

"축하드립니다. 멋진 요리였습니다. 앞으로 한식 연구소를 잘 이끌어 나가실 거라 믿습니다. 강 셰프도 축하해. 축하드려요."

"고마워요, 이 셰프."

"감사합니다."

이선우는 정말 인성도 좋은 사람 같았다. 호검은 그런 그의 모습을 보고 스타 셰프로 잘나가는 데는 다 이유가 있다는 생각이 들었다.

그때, 더 이상 못 참겠는지 영부인 박희영이 못마땅해서 자리를 박차고 나가 버렸다. 이선우는 얼른 김현문에게 양해를

구하고 박희영을 쫓아 나갔다.

"죄송합니다. 제가 실력이 아직 모자란가 봅니다. 노여움 푸세요."

"이 셰프가 무슨 실력이 모자라……. 그냥 대사들 입맛이 좀……. 아, 모르겠다."

박희영도 이선우가 이렇게 죄송하다고 하니 더 뭐라고 할 말이 없었다.

박희영은 이렇게 먼저 가고, 이선우는 다시 돌아와 자기 팀원들도 다독였다. 그리고 그는 마지막까지 미소를 잃지 않은 채 좋은 이미지를 남기고 청와대를 떠났다.

잠시 후, 김현문은 주방 정리를 마친 양혜석과 호검을 따로 불렀다.

"일단 강호검 셰프는 조만간 청와대 주방으로 출근하도록 해요. 필요한 서류는 여기 비서실장이 알려줄 거예요. 절차 밟아서 채용하도록 하죠."

"네! 감사합니다."

"그리고 한식 연구소는, 이것도 절차 밟아서 만들려면 시간이 걸릴 건데……."

"그럼요, 절차를 잘 밟아야죠. 한식을 세계에 알리는 큰 역할을 할 건데 처음부터 잘 조직해서 만들어야 한다고 생각합니다."

양혜석은 한식 연구소를 천천히 만들기를 바라는 것 같았다.

"아, 그렇죠? 영부인 계획도 들어보고 해야 하니 일단 기다려 주세요."

"네."

혜석과 호검은 인사를 꾸벅하고 대통령실을 나왔다. 대통령실을 나서며 호검이 혜석에게 물었다.

"근데 한식 연구소 생기면 명장님이 소장으로 가시는 거죠?"

호검의 물음에 혜석이 의미심장한 미소를 지었다.

『탑 레시피가 보여』 8권에 계속…

초대형 24시 만화방

신간 100%, 샤워실, 흡연실, 수면실(침대석), 커플석, 세탁기 완비

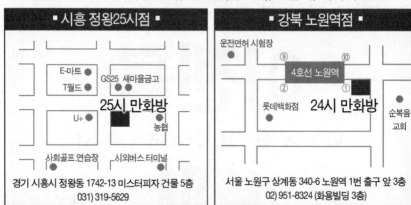

■ 시흥 정왕25시점 ■

경기 시흥시 정왕동 1742-13 미스터피자 건물 5층
031) 319-5629

■ 강북 노원역점 ■

서울 노원구 상계동 340-6 노원역 1번 출구 앞 3층
02) 951-8324 (화용빌딩 3층)

■ 일산 정발산역점 ■

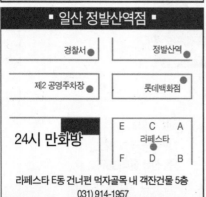

라페스타 E동 건너편 먹자골목 내 객잔건물 5층
031) 914-1957

■ 일산 화정역점 ■

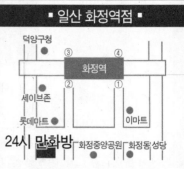

경기도 고양시 덕양구 화정동 984번지 서일빌딩 7층
031) 979-4874 (서일사우나 건물 7층)

■ 부천 역곡역점 ■

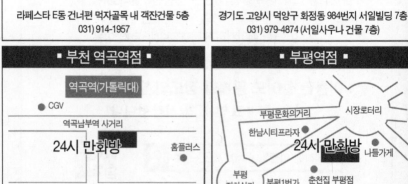

역곡남부역 기업은행 건물 3층
032) 665-5525

■ 부평역점 ■

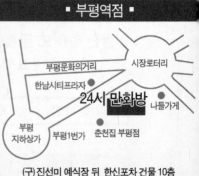

(구)진선미 예식장 뒤 한신포차 건물 10층
032) 522-2871

FUSION FANTASTIC STORY
인기영 장편소설
호감받고 성공더!
안경 여드름 돼지. 줄여서 안여돼.
그것이 김두찬의 인생이었다.
제발 한 번만,
단 한 번이라도 당당한 삶을 살아보고 싶어!
띠링!
우주 최초 리얼 시뮬레이션 '인생 역전'의
플레이어로 선정되셨습니다!
접속하시겠습니까?
YES를 선택한 순간, 모든 것이 달라졌다.
안여돼 김두찬의 인생 역전기!
Book Publishing CHUNGEORAM
유행이 아닌 자유추구 -
WWW.chungeoram.com